ESTÓRIAS ABENSONHADAS

Obras do autor na Companhia das Letras

A água e a águia
Antes de nascer o mundo
As Areias do Imperador 1 – Mulheres de cinzas
As Areias do Imperador 2 – Sombras da água
As Areias do Imperador 3 – O bebedor de horizontes
Cada homem é uma raça
A confissão da leoa
Contos do nascer da Terra
E se Obama fosse africano?
Estórias abensonhadas
O fio das missangas
O gato e o escuro
O mapeador de ausências
A menina sem palavra
Na berma de nenhuma estrada
O outro pé da sereia
As pequenas doenças da eternidade
Poemas escolhidos
Um rio chamado tempo, uma casa chamada terra
Terra sonâmbula
O último voo do flamingo
A varanda do frangipani
Venenos de Deus, remédios do diabo
Vozes anoitecidas

MIA COUTO

Estórias abensonhadas

Contos

13ª reimpressão

A editora manteve a grafia vigente em Moçambique, observando as regras do Acordo Ortográfico da Língua Portuguesa de 1990.

Capa
Alceu Chiesorin Nunes

Ilustração de capa
Angelo Abu

Revisão
Carmen T. S. Costa
Valquíria Della Pozza

Dados Internacionais de Catalogação na Publicação (CIP)
(Câmara Brasileira do Livro, SP, Brasil)

Couto, Mia.
Estórias abensonhadas / Mia Couto. — 1ª ed. — São Paulo : Companhia das Letras, 2012.

ISBN 978-85-359-2734-4

1. Ficção moçambicana (Português) I. Título.

12-00643 CDD-869.3

Índice para catálogo sistemático:
1. Ficção : Literatura moçambicana em português 869.3

EDITORA SCHWARCZ S.A.
Rua Bandeira Paulista, 702, cj. 32
04532-002 — São Paulo — SP
Telefone: (11) 3707-3500
www.companhiadasletras.com.br
www.blogdacompanhia.com.br
facebook.com/companhiadasletras
instagram.com/companhiadasletras
twitter.com/cialetras

Estas estórias foram escritas depois da guerra. Por incontáveis anos as armas tinham vertido luto no chão de Moçambique. Estes textos me surgiram entre as margens da mágoa e da esperança. Depois da guerra, pensava eu, restavam apenas cinzas, destroços sem íntimo. Tudo pesando, definitivo e sem reparo.

Hoje sei que não é verdade. Onde restou o homem sobreviveu semente, sonho a engravidar o tempo. Esse sonho se ocultou no mais inacessível de nós, lá onde a violência não podia golpear, lá onde a barbárie não tinha acesso. Em todo este tempo, a terra guardou, inteiras, as suas vozes. Quando se lhes impôs o silêncio elas mudaram de mundo. No escuro permaneceram lunares.

Estas estórias falam desse território onde nos vamos refazendo e vamos molhando de esperança o rosto da chuva, água abensonhada. Desse território onde todo homem é igual, assim: fingindo que está, sonhando que vai, inventando que volta.

Índice

NOTA: Os textos assinalados com * são inéditos. Os restantes foram publicados no jornal *Público*.

Nas águas do tempo

Meu avô, nesses dias, me levava rio abaixo, enfilado em seu pequeno concho. Ele remava, devagaroso, somente raspando o remo na correnteza. O barquito cabecinhava, onda cá, onda lá, parecendo ir mais sozinho que um tronco desabandonado.

— *Mas vocês vão aonde?*

Era a aflição de minha mãe. O velho sorria. Os dentes, nele, eram um artigo indefinido. Vovô era dos que se calam por saber e conversam mesmo sem nada falarem.

— *Voltamos antes de um agorinha*, respondia.

Nem eu sabia o que ele perseguia. Peixe não era. Porque a rede ficava amolecendo o assento. Garantido era que, chegada a incerta hora, o dia já crepusculando, ele me segurava a mão e me puxava para a margem. A maneira como me apertava era a de um cego desbengalado. No entanto, era ele quem me conduzia, um passo à frente de mim. Eu me admirava da sua magreza direita, todo ele musculíneo. O avô era um homem em flagrante infância, sempre arrebatado pela novidade de viver.

Entrávamos no barquinho, nossos pés pareciam bater na barriga de um tambor. A canoa solavanqueava, ensonada. Antes de partir, o velho se debruçava sobre um dos lados e recolhia uma aguinha com sua mão em concha. E eu lhe imitava.

— *Sempre em favor da água, nunca esqueça!*

Era sua advertência. Tirar água no sentido contrário ao da corrente pode trazer desgraça. Não se pode contrariar os espíritos que fluem.

Depois viajávamos até ao grande lago onde nosso pequeno rio desaguava. Aquele era o lugar das interditas criaturas. Tudo o que ali se exibia, afinal, se inventava de existir. Pois, naquele lugar se perdia a fronteira entre água e terra. Naquelas inquietas calmarias, sobre as águas nenufarfalhudas, nós éramos os únicos que preponderávamos. Nosso barquito ficava ali, quieto, sonecando no suave embalo. O avô, calado, espiava as longínquas margens. Tudo em volta mergulhava em cacimbações, sombras feitas da própria luz, fosse ali a manhã eternamente ensonada. Ficávamos assim, como em reza, tão quietos que parecíamos perfeitos.

De repente, meu avô se erguia no concho. Com o balanço quase o barco nos deitava fora. O velho, excitado, acenava. Tirava seu pano vermelho e agitava-o com decisão. A quem acenava ele? Talvez era a ninguém. Nunca, nem por instante, vislumbrei por ali alma deste ou de outro mundo. Mas o avô acenava seu pano.

— *Você não vê lá, na margem? Por trás do cacimbo?*

Eu não via. Mas ele insistia, desabotoando os nervos.

— *Não é lá. É lááá. Não vê o pano branco, a dançar-se?*

Para mim havia era a completa neblina e os receáveis aléns, onde o horizonte se perde. Meu velho, depois, perdia a miragem e se recolhia, encolhido no seu silêncio. E regressávamos, viajando sem companhia de palavra.

Em casa, minha mãe nos recebia com azedura. E muito me proibia, nos próximos futuros. Não queria que fôssemos para o lago, temia as ameaças que ali moravam. Primeiro, se zangava com o avô, desconfiando dos seus não propósitos. Mas depois, já amolecida pela nossa chegada, ela ensaiava a brincadeira:

— *Ao menos vissem o namwetxo moha! Ainda ganhávamos vantagem de uma boa sorte...*

O namwetxo moha era o fantasma que surgia à noite, feito só de metades: um olho, uma perna, um braço. Nós éramos miúdos e saíamos, aventurosos, procurando o moha. Mas nunca nos foi visto tal monstro. Meu avô nos apoucava. Dizia ele que, ainda em juventude, se tinha entrevisto com o tal semifulano. Invenção dele, avisava minha mãe. Mas a nós, miudagens, nem nos passava desejo de duvidar.

Certa vez, no lago proibido, eu e vovô aguardávamos o habitual surgimento dos ditos panos. Estávamos na margem onde os verdes se encaniçam, aflautinados. Dizem: o primeiro homem nasceu de uma dessas canas. O primeiro homem? Para mim não podia haver homem mais antigo que meu avô. Acontece que, dessa vez, me apeteceu espreitar os pântanos. Queria subir à margem, colocar pé em terra não firme.

— *Nunca! Nunca faça isso!*

O ar dele era de maiores gravidades. Eu jamais assistira a um semblante tão bravio em meu velho. Desculpei-me: que estava descendo do barco mas era só um pedacito de tempo. Mas ele ripostou:

— *Neste lugar, não há pedacitos. Todo o tempo, a partir daqui, são eternidades.*

Eu tinha um pé meio-fora do barco, procurando o fundo lodoso da margem. Decidi me equilibrar, busquei chão para assentar o pé. Sucedeu-me então que não encontrei nenhum fundo, minha perna descia engolida pelo abismo. O velho acorreu-me e me puxou. Mas a força que me sugava era maior que o nosso esforço. Com a agitação, o barco virou e fomos dar com as costas posteriores na água. Ficámos assim, lutando dentro do lago, agarrados às abas da canoa. De repente, meu avô retirou o seu pano do barco e começou a agitá-lo sobre a cabeça.

— *Cumprimenta também, você!*

Olhei a margem e não vi ninguém. Mas obedeci ao avô, acenando sem convicções. Então, deu-se o espantável: subitamente, deixámos de ser puxados para o fundo. O remoinho que nos abismava se desfez em imediata calmaria. Voltámos ao barco e respirámos os alívios gerais. Em silêncio, dividimos o trabalho do regresso. Ao amarrar o barco, o velho me pediu:

— *Não conte nada o que se passou. Nem a ninguém, ouviu?*

Nessa noite, ele me explicou suas escondidas razões. Meus ouvidos se arregalavam para lhe decifrar a voz rouca. Nem tudo entendi. No mais ou menos, ele falou assim: *nós temos olhos que se abrem para dentro, esses que usamos para ver os sonhos. O que acontece, meu filho, é que quase todos estão cegos, deixaram de ver esses outros que nos visitam. Os outros? Sim, esses que nos acenam da outra margem. E assim lhes causamos uma total tristeza. Eu levo-lhe lá nos pântanos para que você aprenda a ver. Não posso ser o último a ser visitado pelos panos.*

— *Me entende?*

Menti que sim. Na tarde seguinte, o avô me levou uma vez mais ao lago. Chegados à beira do poente ele ficou a espreitar. Mas o tempo passou em desabitual demora. O avô se inquietava, erguido na proa do barco, palma da mão apurando as vistas. Do outro lado, havia menos que ninguém. Desta vez, também o avô não via mais que a enevoada solidão dos pântanos. De súbito, ele interrompeu o nada:

— *Fique aqui!*

E saltou para a margem, me roubando o peito no susto. O avô pisava os interditos territórios? Sim, frente ao meu espanto, ele seguia em passo sabido. A canoa ficou balançando, em desequilibrismo com meu peso ímpar. Presenciei o velho a alonjar-se com a discrição de uma nuvem. Até que, entre a neblina, ele se declinou em sonho, na margem da miragem. Fiquei ali, com muito espanto, tremendo de um frio arrepioso. Me recordo de ver uma garça de enorme brancura atravessar o céu.

Parecia uma seta trespassando os flancos da tarde, fazendo sangrar todo o firmamento. Foi então que deparei na margem, do outro lado do mundo, o pano branco. Pela primeira vez, eu coincidia com meu avô na visão do pano. Enquanto ainda me duvidava foi surgindo, mesmo ao lado da aparição, o aceno do pano vermelho do meu avô. Fiquei indeciso, barafundido. Então, lentamente, tirei a camisa e agitei-a nos ares. E vi: o vermelho do pano dele se branqueando, em desmaio de cor. Meus olhos se neblinaram até que se poentaram as visões.

Enquanto remava um demorado regresso, me vinham à lembrança as velhas palavras de meu velho avô: a água e o tempo são irmãos gémeos, nascidos do mesmo ventre. E eu acabava de descobrir em mim um rio que não haveria nunca de morrer. A esse rio volto agora a conduzir meu filho, lhe ensinando a vislumbrar os brancos panos da outra margem.

As flores de Novidade

Novidade Castigo era filha de Verónica Manga e do mineiro Jonasse Nhamitando. Lhe apelidaram de Castigo pois ela viera ao mundo como uma punição. Se adivinhou logo na nascença pelo azul que a menina trazia nos olhos. Negra, filha de negros: de onde vinha tal azul?

Iniciemos pela moça: ela era espantadamente bela, com face de invejar aos anjos. Nem água fosse mais cristalinda. O porém dela, contudo: era vagarosa de mente, o pensamento parecia nela não pernoitar. Ficara-se assim, desacertada, certa uma vez em que, já moça, foi atacada de convulsões. Nessa noite, Verónica estava sentada na varanda quando sentiu o aranhiçar da insónia em seu peito.

— *Esta noite vou contar estrelas*, pressentiu-se.

A noite já roía as unhas à madrugada foi quando aconteceu. No cantinho da casa, a moça se despertou, em espasmos e esticões. Parecia a carne se queria soltar da alma. A mãe, na adivinhação das sombras, sentiu o surdo aviso: que foi? Leve como um susto, acorreu ao leito de Novidadinha. Em casa de pobre tudo está certo, conforme no arrumo ou desalinho. Verónica Manga atravessou o escuro, evitou caixotes e latões, saltou enxadas e sacos a pontos de se acercar da filha e lhe ver o braço, erguido como drapejante bandeira. Verónica nem chamou o pai, não merecia a pena suspender o descanso dele.

Só na seguinte manhã ela ao homem anunciou o acontecido. Ele se preparava para despegar para o trabalho, em véspera de descida ao fundo da montanha. Parou na porta, reconsiderou intenção. Jonasse Nhami-tambo, todo pai, foi ao quarto da menina e lhe encontrou, parada, só com vontade de sossego. Sem tirar a áspera luva passou uma carícia pelo rostinho dela. Despedia-se daquela outra, a que já fora sua menina? Depois, o pai se afastou em modos da nuvem que se aparta da água.

Passou-se o tempo, num abrir sem fechar de olhos. Novidade crescia, sem novidade. Os pais confirmavam e se conformavam: aquela filha fechara o ventre de Verónica. Não era filha única: era filha-nenhuma, criatura de miolo miudinho. Jonasse era homem bondoso, não abandonou Verónica. E a filha, naquele pacto com o vazio, dedicava amores e ternuras a seu pai. Não que ela se explicasse em perceptíveis palavras. Mas pelo modo como ela esperava, suspensa, a chegada do mineiro. Enquanto durasse o turno dele, a menina se perplexava, sem comer nem beber. Só depois de o pai retornar a menina voltava a atinar seu rosto e, em sua voz de riachinho, se adivinhavam cantigas que ninguém, senão ela, conhecia. E havia ainda as prendas que ela para ele recolhia: bizarras florinhas, da cor de nenhum outro azul que não fosse o encontrável em seus olhos. Ninguém nunca soube onde ela recolhia tais pétalas.

Muitas noites além, a família repadeceu os acontecimentos. Jonasse não se encontrava. O mineiro esburacava a terra, em turno noturno. Em casa, a mãe ainda deixou seus olhos sobrarem na copa da luz do xipefo. Costurava tecido nenhum, roupinhas para um filho que, conforme o sabido, nunca haveria de vir. Novidadinha, a seu lado, dormitava. Foi quando a moça se franziu, convulsiva, em epilapsos. A mãe, repentina, acudiu. No sobressalto, ela desmanchou a claridade, entornando luz e lamparina. Enquanto desalvoroçava a menina, lábios e sopros, Verónica Manga procurou os fósforos sobre a caixa. Só então foi chamada a um barulho enlameado que chegava de fora, lá da montanha. Era o quê? A mina explodindo? Céus, se arrepiou. E Jonasse, seu marido?

A mulher zululuava pela casa, num corre-morre, de aflição para susto, mosca em rabo de boi. E vieram as maiores explosões. Espreitada da janela, a montanha parecia o pangolim cuspidor de incêndios. Desabariam rochas e penedos por cima das casas? Não, a montanha, aquela, tinha muita consistência. E Jonasse? A mulher sabia que devia esperar pela manhã para saber novas de seu marido. Mas a menina se antecipou à claridade. Em silêncio recolheu seus pequenitos bens em cestinho e saco. Depois, arrumou as pertenças da mãe na velha mala. De sua boca saíram as magras palavras, em suave ordem:

— *Vamos, mãe!*

Sem pensar, a mãe abandonou o seu lugar, ali onde ninhara por plenos anos. E se deixou conduzir pela mão da menina, confiante em não se sabe qual sapiência dela. No caminho, as duas se entrecruzaram com uns alguns, fugidios como elas. E Verónica lhes perguntou:

— *Isso que se escuta: é o quê?*

Não era a mina. Eram explosões militares, a guerra que chegava. *E nossos maridos, que lugar é o deles se salvarem?*

— *Não há tempo. Suba no camião,* lhe responderam.

E subiram. Verónica acomodou melhor suas coisas que a si própria, fez sentar Novidade em cima do cesto. E o motor girou, rodando mais lento que seus olhos na ânsia de ver aparecer Jonasse, correndo entre os fumos e zonzeiras. O camião partiu, somando as demais poeiras e explosões. A mãe fitou a filha, o sossego de seu rosto, seu sujo vestido. O que ela fazia? Cantarolava. No flagrante de toda aquela voragem, a moça peneirava alegriazinhas em cantigas de surdina. Desenvenenava o tempo, sempre grávido de desgraça?

No meio de bombas e tiros, o camião progrediu até passar defronte da mina onde Jonasse trabalhava. Então, a menina, desafiando o andamento do momento, saltou para o desaconselhável chão. Avançou umas passadas, endireitando as rugas de seu vestidinho, se virou para trás para dedicar uma delicadeza a sua mãe. Em espanto, o veículo estacou. Novidadinha retomou o passo, cruzando a estrada em certo e exposto perigo. O camião apitava, buzina em fúria. Que ali se demorava apenas a morte. A moça não parecia nem ouvir. Estava na estrada como se ela fosse seu inteiro caminho. No abecedário de seus passos se via não haver arrogância, nem proclamação. O estar-se ruando, atrapalhando o caos, não era desafio mas singela distração. Ela fazia valer o azul de seus olhos. O camionista, nervoso, a chamou por última vez. E os restantes gritavam para a mãe impor ordem de regresso. Mas Verónica não mexeu palavra.

Sobre um monte de areias tiradas da mina, Novidadinha se debruçou para colher flores silvestres, dessas que espreitam nas bermas. Escolhia com o vagar de cemitério. E parou frente a umas azulzinhas, de igual cor de seus olhos. O camião, desistido de esperar, acossado por afligidas vozearias, repentinou-se estrada afora. A mãe teimou atenção em sua filha, fosse querer saber o último desenho de seu destino. O que se passou, quem sabe, só ela viu. Lá, entre a poeira, o que sucedia era as flores, aquelas de olhar azul, se encherem de tamanho. E, num somado gesto, colherem a menina. Pegaram Novidadinha por suas pétalas e a puxaram terra-abaixo. A moça parecia esperar esse gesto. Pois ela, sempre sorrindo, se susplantou, afundada no mesmo ventre em que via seu pai se extinguir, para além das vistas, para além do tempo.

O cego Estrelinho

O cego Estrelinho era pessoa de nenhuma vez: sua história poderia ser contada e descontada não fosse seu guia, Gigito Efraim. A mão de Gigito conduziu o desvistado por tempos e idades. Aquela mão era repartidamente comum, extensão de um no outro, siamensal. E assim era quase de nascença. Memória de Estrelinho tinha cinco dedos e eram os de Gigito postos, em aperto, na sua própria mão.

O cego, curioso, queria saber de tudo. Ele não fazia cerimónia no viver. O sempre lhe era pouco e o tudo insuficiente. Dizia, deste modo:

— *Tenho que viver já, senão esqueço-me.*

Gigitinho, porém, o que descrevia era o que não havia. O mundo que ele minuciava eram fantasias e rendilhados. A imaginação do guia era mais profícua que papaeira. O cego enchia a boca de águas:

— *Que maravilhação esse mundo. Me conte tudo, Gigito!*

A mão do guia era, afinal, o manuscrito da mentira. Gigito Efraim estava como nunca esteve S. Tomé: via para não crer. O condutor falava pela ponta dos dedos. Desfolhava o universo, aberto em folhas. A ideação dele era tal que mesmo o cego, por vezes, acreditava ver. O outro lhe encorajava esses breves enganos:

— *Desbengale-se, você está escolhendo a boa procedência!*

Mentira: Estrelinho continuava sem ver uma palmeira à frente do nariz. Contudo, o cego não se conformava em suas escurezas. Ele cumpria o ditado: não tinha perna e queria dar o pontapé. Só à noite, ele desalentava, sofrendo medos mais antigos que a humanidade. Entendia aquilo que, na raça humana, é menos primitivo: o animal.

— *Na noite aflige não haver luz?*

— *Aflição é ter um pássaro branco esvoando dentro do sono.*

Pássaro branco? No sono? Lugar de ave é nas alturas. Dizem até que Deus fez o céu para justificar os pássaros. Estrelinho disfarçava o medo dos vaticínios, subterfugindo:

— *E agora, Gigitinho? Agora, olhando assim para cima, estou face ao céu?*

Que podia o outro responder? O céu do cego fica em toda a parte. Estrelinho perdia o pé era quando a noite chegava e seu mestre adormecia. Era como se um novo escuro nele se estreasse em nó cego. Devagaroso e sorrateiro ele aninhava sua mão na mão do guia. Só assim adormecia. A razão da concha é a timidez da amêijoa? Na manhã seguinte, o cego lhe confessava: *se você morrer, tenho que morrer logo no imediato. Senão-me: como acerto o caminho para o céu?*

Foi no mês de dezembro que levaram Gigitinho. Lhe tiraram do mundo para pôr na guerra: obrigavam os serviços militares. O cego reclamou: que o moço inatingia a idade. E que o serviço que ele a si prestava era vital e vitalício. O guia chamou Estrelinho à parte e lhe tranquilizou:

— *Não vai ficar sozinhando por aí. Minha mana já mandei para ficar no meu lugar.*

O cego estendeu o braço a querer tocar uma despedida. Mas o outro já não estava lá. Ou estava e se desviara, propositado? E sem água ida nem vinda, Estrelinho escutou o amigo se afastar, engolido, espongínquo, inevisível. Pela pimeira vez, Estrelinho se sentiu invalidado.

— *Agora, só agora, sou cego que não vê.*

No tempo que seguiu, o cego falou alto, sozinho como se inventasse a presença de seu amigo: *escuta, meu irmão, escuta este silêncio. O erro da pessoa é pensar que os silêncios são todos iguais. Enquanto não: há distintas qualidades de silêncio. É assim o escuro, este nada apagado que estes meus olhos tocam: cada um é um, desbotado à sua maneira. Entende, mano Gigito?*

Mas a resposta de Gigito não veio, num silêncio que foi seguindo, esse sim, repetido e igual. Desamimado, Estrelinho ficou presenciando inimagens, seus olhos no centro de manchas e ínvias lácteas. Aquela era uma desluada noite, tinturosa de enorme. Pitosgando, o cego captava o escuro em vagas, despedaços. O mundo lhe magoava a desemparelhada mão. A solidão lhe doía como torcicolo em pescoço de girafa. E lembrou palavras do seu guia:

— *Sozinha e triste é a remela em olho de cego.*

Com medo da noite foi andando, aos tropeços. Os dedos teatrais interpretavam ser olhos. Teimoso como um pêndulo foi escolhendo caminho. Tropeçando, empecilhando, acabou caído numa berma. Ali adormeceu, seus sonhos ziguezagueram à procura da mão de Gigitinho.

Então ele, pela primeira vez, viu a garça. Tal igual como descrevera Gigitinho: a ave tresvoada, branca de amanhecer. Latejando as asas, como se o corpo não ocupasse lugar nenhum.

De aflição, ele desviou o vazado olhar. Aquilo era visão de chamar desgraças. Quando a si regressou lhe parecia conhecer o lugar onde tombara. Como diria Gigito: era ali que as cobras vinham recarregar os venenos. Mas nem força ele coletou para se afastar.

Ficou naquela berma, como um lenço de enrodilhada tristeza, desses que tombam nas despedidas. Até que o toque tímido de uma mão lhe despertou os ombros.

— *Sou irmã de Gigito. Me chamo Infelizmina.*

Desde então, a menina passou a conduzir o cego. Fazia-o com discrição e silêncios. E era como se Estrelinho, por segunda vez, perdesse a visão. Porque a miúda não tinha nenhuma sabedoria de inventar. Ela descrevia os tintins da paisagem, com senso e realidade. Aquele mundo a que o cego se habituara agora se desiluminava. Estrelinho perdia os brilhos da fantasia. Deixou de comer, deixou de pedir, deixou de queixar. Fraco, ele careceu que ela o amparasse já não apenas de mão mas de corpo inteiro. De cada vez, ela puxava o cego de encontro a si. Ele foi sentindo a redondura dos seios dela, a mão dele já não procurava só outra mão. Até que Estrelinho aceitou, enfim, o convite do desejo.

Nessa noite, por primeira vez, ele fez amor, embevencido. Num instante, regressaram as lições de Gigito. O pouco se fazia tudo e o instante transbordava eternidades. Sua cabeça andorinhava e ele guiava o coração como voo de morcego: por eco da paixão. Pela primeira vez, o cego sentiu sem aflição o sono chegar. E adormeceu enroscado nela, seu corpo imitando dedos solvidos em outra mão.

A meio da noite, porém, Infelizmina acordou, sobreassaltada. Tinha visto a garça branca, em seu sonho. O cego sentiu o baque, tivessem asas embatido no seu peito. Mas, fingiu sossego e serenou a moça. Infelizmina voltou ao leito, sonoitada.

De manhã chega a notícia: Gigito morrera. O mensageiro foi breve como deve um militar. A mensagem ficou, em infinita ressonância, como devem as feridas da guerra. Estranhou-se o seguinte: o cego reagiu sem choque, parecia ele já sabendo daquela perca. A moça, essa, deixou de falar, órfã de seu irmão. A partir dessa morte ela só tristonhava, definhada. E assim ficou, sem competência para reviver. Até que a ela se chegou o cego e lhe conduziu para a varanda da casa. Então, iniciou de descrever o mundo, indo além dos vários firmamentos. Aos poucos foi despontando um sorriso: a menina se sarava da alma. Estrelinho miraginava terras e territórios. Sim, a moça, se concordava. Tinha sido em tais paisagens que ela dormira antes de ter nascido.

Olhava aquele homem e pensava: ele esteve em meus braços antes da minha atual vida. E quando já havia desenvencilhado da tristeza ela lhe arriscou de perguntar:

— *Isso tudo, Estrelinho? Isso tudo existe aonde?*

E o cego, em decisão de passo e estrada, lhe respondeu:

— *Venha, eu vou-lhe mostrar o caminho!*

Na esteira do parto

O casal se chegou, em dupla obscuridade. Os dois pediam licença à penumbra. A mulher vinha mais dobrada que gruta na montanha. Estava grávida, quase em fim do estado. Chegados à claridade se reconheceu serem Diamantinho, o mais vizinho dos residentes, e sua redonda esposa, Tudinha Rosa, retorcida em dores e esgares. A pobre zululuava, em completas tonturas. Diamantinho, porém, parecia alheio à mulher.

O casal comparecia em casa de Ananias e Maria Cascatinha, os afáveis vizinhos. As duas donas ficaram na varanda, já uma esteira se estendendo para o que desse e saísse. Maria Cascatinha sorriu, timiúda: aquela era a sua mais pessoal esteira. Não era um simples objeto de assentar. Sobre aquela esteira haviam sido concebidos, de namoro e gemidos, seus todos filhos.

Diamantinho foi entrando, dando-se poiso e posição, mais instalado que convidado. Sentou-se, convocou os pedidos de uma bebida, serviu-se dos confortos. Ananias, o anfitrião, ainda lhe reparou a atenção: não ia ajudar a sua derreada esposa? O outro apenas sorria, saboreando prazeres desta e de outras vidas. Ananias insistiu:

— *Você, Diamantinho, não divide o sofrimento familiar?*

— *Tem razão, Ananias, eu só penso da minha pança para cá. Na realmente, não valho as penas. Também já sou assim desde a barriga do meu pai.*

Sobre a mulher, Diamantinho nem esboçou menção. Tudinha Rosa permanecia fora, em posição de estar deitada, descontorcida. Rejeitara, contudo, a esteira. Dar parto devia ser sobre a terra, a mãe das mães. Assim é o mandamento da tradição. Maria Cascatinha se agradecia por facto de a esteira ser dispensada. E enrolou-a num cuidadoso canto. Tudinha assentava agora sobre o mundo. Mas a carícia da terra de pouco lhe aliviava. A mulher seguia em dor: os olhos já ímpares, as tripas já triplas.

Na sala, o marido servia-se da bebida oferecida, vagueando os olhos em aplicações de preguiça. E continuava a fiar conversa, sempre na mais concisa inexatidão:

— *Me sinto ferrujado, Ananias. Não é que eu seja mais velho que você. Eu nasci foi antes...*

Ananias se enervava com a atitude do visitante, mais displicientífico que pangolim. Bem se sabe: partos são exclusivo assunto de mulheres. Diamantinho, no entanto, parecia por de mais alheado. E tanto mais quanto, lá fora, as coisas agora se complicavam. Tudinha desprogredia de nesga em vesga. Trocava tudo, até as rezas: o padre-maria e a ave-nossa. Em aflição, Ananias propôs ações e providências. Não seria melhor levar a grávida até à vila? O candidato a pai, sereno como rio em planície, não apresentava nenhum cuidado. Ordenou ao outro que sentasse, quieto. E estendia o copo a solicitar mais enchimentos. Tudo sem perplexidades.

A mulher, sua indiscutível esposa, se desdobrava em lancinantes gritos. Sobrinhas diversas se juntavam em roda, debruçadas sobre a sofrimentada mãe. O nervoso círculo das mulheres se podia ver pela janela. Até que Ananias foi chamado, em convocação de auxílio. Ananias sugeriu ao visitante que os dois acudissem mas o outro ripostou que estava a acabar uma bebida ainda mal começada. Que depois iria, já em tempo e disposição de proceder devidamente. Por enquanto, ele descascava o tempo, impassível como tronco de embondeiro.

Ananias rompeu a tradição, juntando-se ao parto que se demorava e às parteiras que se enervavam. Dúvidas gerais se começavam a espalhar. Todos, afinal, sabem: parto que se prolonga significa infidelidade da mulher. Para salvar a situação, a grávida deve admitir o pecado, divulgar o nome do autêntico pai da criança. Caso o contrário, então, o bebé fica retido no ventre, sem mês nem signo.

Então, no meio de gritos, suspiros e transpiros, Tudinha Rosa confessou ter trocado amores com Ananias, o próprio e presente anfitrião. Maria Cascatinha ficou em estado de nem-estar: seu marido, pai de alheio rebento? Porém, continuou seu trabalho de parteira, inalterável. Só os olhos dela se descomportavam, derramados. Sem palavra, ela findou a obra de desbarrigar a sua súbita adversária. No princípio, a confissão de Tudinha fora um simples murmúrio, não se ouvindo para além do recinto. Nos últimos esforços, porém, a grávida foi alardeando a consumada traição:

— *Foi Ananias, foi ele!*

Dentro, tudo se ouviu. Foi como se mundo abrisse rochas e rachas. Diamantinho, nesse repente, mudou da alvorada para o poente.

Saiu para a varanda com cara de marido, em ares de pareceres e pancadarias. Numa palavra: chocado e chocalhado. Descia de sujeito para fulano, de fulano para tipo. Nunca antes se vira tal metamorfase. Ele se enraivecia a ponto de lâminas e pólvoras. E gritou ameaças e impropérios: haveria Ananias de beijar os pés que ele pisasse. Entre os dois homens se procederam a estrondosas porradarias.

Enquanto socos e insultos se trocavam, o novo menino foi emigrando para a luz. Diamantinho e Ananias nem deram contas do nascimento. Tudinha e o recém--nascido foram levados para um interior quarto, em resguardo. Ananias, aviado de uns tantos sopapos, se recolheu no mesmo aposento da respectiva grávida. Ali ficou o tempo de muitas vidas. Na sala, Diamantinho soprou raivas, invocando feitiços e péssimos-olhados contra o dito Ananias. Depois, se derreou, infeliz como a casca sem a banana.

Maria Cascatinha, surgida de igual tristeza, veio a amparar o traído Diamantinho. Lhe assentou o braço sobre o ombro e lhe disse que lhe acompanhava, rumo a casa. Diz-se que Maria Cascatinha nunca mais voltou. Nem para buscar a sagrada esteira.

O perfume

— *Hoje vamos ao baile!*

Justino assim se anunciou, estendendo em suas mãos um embrulho cor de presente. Glória, sua esposa, nem soube receber. Foi ele quem desatou os nós e fez despontar do papel colorido um vestido não menos colorido. A mulher, subvivente, somava tanta espera que já esquecera o que esperava. Justino guardava ferrovias, seu tempo se amalgava, fumo dos fumos, ponteiro encravado em seu coração. Entre marido e mulher o tempo metera a colher, rançoso roubador de espantos. Sobrara o pasto dos cansaços, desnamoros, ramerrames. O amor, afinal, que utilidade tem?

De onde o espanto de Glória, deixando esparramejar o vestido sobre seu colo. Que esperava ela, por que não se arranjava? O marido, parecia ter ensaiado brincadeira. Que lhe acontecera? O homem sempre dela se ciumara, quase ela nem podia assomar à janela, quanto mais. Glória se levantou, ela e o vestido se arrastaram mutuamente para o quarto. Incrédula e sonambulenta, arrastou o pente pelo cabelo. Em vão. O desleixo se antecipara fazendo definitivas tranças. Lembrou as palavras de sua mãe: mulher preta livre é a que sabe o que fazer com o seu próprio cabelo. *Mas eu, mãe: primeiro, sou mulata. Segundo, nunca soube o que é isso de liberdade.* E riu-se: livre? Era palavra que parecia de outra língua. Só de a soletrar sentia vergonha, o mesmo embaraço que experimentava em vestir a roupa que o marido lhe trouxera. Abriu a gaveta, venceu a emperrada madeira. E segurou o frasco de perfume, antigo, ainda embalado. Estava leve, o líquido havia já evaporado. Justino lhe havia dado o frasco, em inauguração de namoro, ainda ela meninava. Em toda a vida, aquele fora o único presente. Só agora se somava o vestido. Espremeu o vidro do cheiro, a ordenhar as últimas gotas. *Perfumei o quê com isto*, se perguntou lançando o frasco no vazio da janela.

— *Nem sei o gosto de um cheiro.*

Escutou o velho vidro se estilhaçar no passeio. Voltou à sala, o vestido se desencontrando com o corpo. As bainhas do pano namoriscavam os sapatos. Temia o comentário do marido sempre lhe apontando ousadias. Desta vez, porém, ele lhe olhou de modo estranho, sem parecer crer. Puxou-a para si e lhe ajeitou as formas, arrebitando o pano, avespando-lhe a cintura. Depois, perguntou:

— *Então não passa um arranjo no rosto?*

— *Um arranjo?*

— *Sim, uma cor, uma tinta.*

Ela se assombrou. Virou costas e entrou na casa de banho, embasbocada. Que doença súbita dera nele? Onde diabo parava esse bâton, havia anos que poeirava naquela prateleira? Encontrou-o, minúsculo, gasto nas brincadeiras dos miúdos. Passou o lápis sobre os lábios. Leve, uma penumbra de cor. *Carregue mais, faça valer os vermelhos.* Era o marido, no espelho. Ela ergueu o rosto, desconhecida.

— *Vamos ao baile, sim. Você não costumava dançar, antes?*

— *E os meninos?*

— *Já organizei com o vizinho, não se preocupa.*

E foram. Justino ainda teve que tchovar a carrinha. Ela, como sempre, desceu para ajudar. Mas o marido recusou: desta vez, não. Ele sozinho empurrava, onde é que se vira?

Chegaram. Glória parecia não dar conta da realidade. Se deixou no assento da velha carrinha. Justino cavalheirou, mão pronta, gesto presto abrindo portas. O baile estava concorrido, cheio pelas costuras. A música transpirava pelo salão, em tonturas de casais. Os dois se sentaram numa mesa. Os olhos de Glória não exerciam. Apenas sombreavam pela mesa, pré-colegiais.

Então, se aproximou um homem, em boa postura, pedindo ao guarda-freio lhe desse licença de sua esposa para um passo respeitoso. Os olhos aterrados dela esperaram cair a tempestade. Mas não. Justino contemplou o moço e lhe fez amplo sinal de anuência. A esposa arguiu:

— *Mas eu preferia dançar primeiro com meu marido.*

— *Você sabe que eu nunca danço...*

E como ela ainda hesitasse ele lhe ordenou quase em sigilio de ternura: *Vá, Glorinha, se divirta!*

E ela lá foi, vagarosa, espantalhada. Enquanto rodava ela fixava o seu homem, sentado na mesa. Olhou fundo os seus olhos e viu neles um abandono sem nome, como esse vapor que restara de seu perfume. Então, entendeu: o marido estava a oferecê-la ao mundo. O baile, aquele convite, eram uma despedida. Seu peito confirmou a suspeita quando viu o marido se levantar e aprontar saída. Ela interrompeu a dança e correu para Justino:

— *Onde vai, marido?*

— *Um amigo me chamou, lá fora. Já volto.*

— *Vou consigo, Justino.*

— *Aquilo lá fora não é lugar das mulheres. Fique, dance com o moço. Eu já venho.*

Glória não voltou à dança. Sentada na reservada mesa, levantou o copo do marido e nele deixou a marca de seu bâton. E ficou a ver Justino se afastando entre a fumarada do salão, tudo se comportando longe. Vezes sem conta ela vira esse afastamento, o marido anonimado entre as neblinas dos comboios. Desta vez, porém, seu peito se agitou, em balanço de soluço. No limiar da porta, Justino ainda virou o rosto e demorou nela um último olhar. Com surpresa, ele viu a inédita lágrima, cintilando na face que ela ocultava. A lágrima é água e só a água lava tristeza. Justino sentiu o tropeço no peito, cinza virando brasa em seu coração. E fechou a noite, a porta decepando aquela breve desordem. Glória colheu a lágrima com dobra do próprio vestido. De quem, dentro dela mesma, ela se despedia?

Saiu do baile, foi de encontro às trevas. Ainda procurou a velha carrinha. Ansiou que ela ainda ali estivesse, necessitada de um empurro. Mas de Justino não restava vestígio. Voltou a casa, sob o crepitar dos grilos. A meio do carreiro se descalçou e seus pés receberam a carícia da areia quente. Olhou o estrelejo nos céus. As estrelas são os olhos de quem morreu de amor. Ficam nos contemplando de cima, a mostrar que só o amor concede eternidades.

Chegou a casa, cansada a ponto de nem sentir cansaços. Por instantes, pensou encontrar sinais de Justino. Mas o marido, se passara por ali, levara seu rasto. A Glória não lhe apeteceu a casa, magoava-lhe o lar como retrato de ente falecido. Adormeceu nos degraus da escada.

Acordou nas primeiras horas da manhã, tonteando entre sono e sonho. Porque, dentro dela, em olfatos só da alma, ela sentiu o perfume. Seria o quê? Eflúvios do velho frasco? Não, só podia ser um novo presente, dádiva da paixão que regressava.

— *Justino?!*

Em sobressalto, correu para dentro de casa. Foi quando pisou os vidros, estilhaçados no sopé de sua janela. Ainda hoje restam, no soalho da sala, indeléveis pegadas de quando Glória estreou o sangue de sua felicidade.

O calcanhar de Virigílio

Hortência vai de mágoas e panos. A manhã cresceu no pino do sol e a mulher segue o caixão de seu marido. No enterro se conta ela e escassas tias. Ninguém chora. Parece o falecido não era parente de vivente. Hortência caminha sob a chuva, intransitiva em meio do trânsito. Sempre ela tivera medo das viaturas, seus modos de dono, ditando leis. Ela que nem de casa era dona. Porém, no presente desfile, ela já perdera receios como se os pés e alcatrão tivessem trocado intimidades.

De facto, em vida do falecido, ela se fizera várias vezes naquela estrada. No repetepete da noite, ela ali vinha resgatar o falecido Filimone, descarreirado no regresso da cervejaria. Noites cacimbolentas, ela apanhava o marido numa anónima berma e lhe juntava as pernas aos passos. Em Filimone, o álcool tinha uma vantagem: ele se abandonava, moço de sua esposa, filho de suas gordas ternuras. No resto, o marido deixou registo foi de vagabundagem. O lugar onde ele permanecera mais tempo: o ventre de sua mãe. Aqueles anos ele vivia às custas da bondade dela. Insensível aos pedidos dela:

— *Bêbado, eu? Veja, Hortência: até sei andar em pé!*

O álcool lhe fermentara o sangue, invalidando-o para pai, despromovendo-o para marido. Com a esposa Filimone só ostentava maus-tratos.

— *Roubaram-me tudo, mulher. Agora o único poder que me resta é fazer-te mal.*

Ela se acostumara. Nas consecutivas madrugadas Hortência saía de casa para procurar seu homem. Ela dera a completa volta às bermas e valetas, em todas se debruçara para apanhar o esparramado Filimone.

Nunca mais ela terá que carregar o peso dele. Esta é a derradeira transportação do seu corpo. Todo dinheiro ela gastara no funeral. O carro era despesa demasiada. Assim, se arrumou o caixão em tchova-xitaduma. As tábuas não uniam bem e a luz, às fatias, deixava entrever, dentro, o deitado corpo. O caixão fora feito de emendas. Hortência juntou mesa, cadeira e caixotes. Montoou aquela madeira para lhe dar aquele escuro destino. O carpinteiro do bairro, Virigílio Prego, não cobrou mão-de-obra.

— *São serviços de coração: hoje morro eu, amanhã morres tu.*

Além disso eram colegas de bebida, ele e o falecido. Mas a obra ficara imperfeita de mais. O carpinteiro se desculpava:

— *Em casa de morto não podemos dedicar muita mão. Fornece má-sorte.*

Além disso, madeira boa é para vestir a vida. E mais

se escusava, com medo do fatal assunto. Hoje morres tu, amanhã morremos todos. E se excedia, babas e cuspes. A manga da camisola lhe acudia, em limpeza do nariz.

— *Esse mundo está feio, mal-acabado. De modo que só vale ser visto através da cerveja. Não concorda-me, Hortencinha?*

Hortencinha, com que então? O homem já ia de diminutivos para baixo. Afinal, a intenção do carpinteiro era cobrar a obra por carícia? Hortência nem resistiu, mais flácida que o embalado Filimone. Rendeu-se ao assalto do madeireiro. Estava vazia, a mágoa lhe roubara o razoável senso.

— *É assim mesmo, Hortência: o hoje morre hoje.*

Virigílio e o prego. Para a mulher tanto se fazia como se desfazia. O bicho faz de morto para sobreviver. Ela fazia de bicho.

No funeral, porém, Virigílio não constou. Hortência queria ajuda, nunca tanto ela careceu de apoio. Paciência. Afinal, o carpinteiro já tinha deixado adivinhar sua provável ausência. Para entendedor como ela meia palavra já é de mais.

— *Se calhar nem hei-de poder ir. É que, nesse tempo de frio, me prende todos os calcanhares.*

No cemitério, a viúva não chora, triste que está. Lágrima liga bem é nos que ainda guardam esperança. As tias se aproximam da cova. Elas choram mas sem molho da alma. Ela enxota as restantes mulheres. Diz que quer voltar a casa, arrumar as coisas. Que coisas, se interrogam as mulheres. E deixam-na, infelizes de não poderem mais debicar em desgraça alheia.

Se calhar, ela nem aceitara viuvez, diziam umas. Não se viu nem uma aguinha de tristeza: pode ser? Hortência não se entendia, após a morte do falecido. Requer-se que a tristeza seja parecida, capaz de ser falada pelas mil bocas, espalhável em caóticas desordens. Mas aquela melancolia de Hortência fazia medo de tão própria e única. Por isso, dela todas se desavizinharam.

A única companhia que lhe restava era o carpinteiro. Este lhe chegava sempre a desoras, perdido o fio-de-prumo do tempo. E se passou a ver aquilo que nunca, no bairro, se assistira. Hortência cabistonta de bêbada, no carreiro da cervejaria. A viúva se entornava pelas bermas. Por que motivo se entregava à bebida com tais assanhos? Quem pode saber? Verdade é mentira que não fala a mesma língua do pensamento. Hortência explicava:

— *Ando à procura de meu Filimone. Deve estar caído por aí.*

E assim, antes e depois de Filimone aquela mulher desconhece o sabor do sono, em noite e descanso. Hortência soma mais olhos que fadiga? Não há vigente testemunha. Apenas o carpinteiro interrompe a solitária existência da viúva. Os dois somam a pessoal e intransmissível embriaguez. E se riem, em alegrias que não são deste mundo. Breves são os enquantos, nenhuns os encantos.

— *Se um dia eu me escorregar, dormidinha na valeta, você me apanha, Virigílio Prego?*

— *Com a certeza, Hortência. Amanhã eu, você hoje: é assim a vida...*

Até que, uma noite, o frio lembrou à viúva que um exato ano decorrera sobre o funeral de Filimone. Hortência já nem conhecia o direito e o avesso de sua alma sóbria. Tal morte: acontecera no verso ou no inverso da sua verdadeira vida? Ela fechou os olhos e uma inundação de tristeza cobriu seu corpo. Hortência ensaiou matematicar sua vida. Mas não havia conta que fazer. Uma única ideia lhe ocupava: havia que cerimoniar, por segunda vez, seu distante marido.

Hortência enxugou o rosto e se decidiu pelo escuro, rumo ao cemitério. Levava ao falecido não as consagradas oferendas, panos e farinha. Em seu cesto seguiam cervejas, às dezenas. Ainda passou por casa do compadre Prego a ver se ele se ajuntava ao individual cortejo. Ele foi dizendo que sim, ela que fosse abrindo cacimbo, na frente. Ele já iria, claro e isto-aquilo:

— *Hoje eu, amanhã todos.*

Hortência entendeu. Lhe cabia a solidão e o despovoado caminho. Chegou, se sentou junto à cova e foi destampando as garrafas. Bebia e entornava, seus lábios em si, lábios do falecido na terra.

— *Beba, Filimone, agora já não tenho que lhe apanhar.*

Depois, já trocadas as visões, Hortência regressou pelo escuro. Quem sabe que percalço, se o cacimbo se humana desumanidade, levou a viúva a se despenhar em fundo de valeta. Houve quem visse sinais de suas roupas, entornadas no gélido fundo. Se houve quem viu, nenhuma mão se aprontou para lhe desafligir. Foram, sim, alertar Virigílio Prego. Ele que fosse lá, afinal

Hortência era sua companhia. Mas o carpinteiro espreitou a fria cacimba e se lembrou do calcanhar, modos que as dores lhe espetavam quando o tempo mudava:

— *Hoje cada um. Amanhã ninguém.*

Na vala fria, Hortência vai sentindo um sono maior que a noite. *Que se passa*, pergunta ela. *Estou deitada na terra e não me chega o leito?* E ela se enrosca para caber toda no ventre da noite. Ou, quem sabe, se ajeita para que os braços de Filimone a venham buscar?

Chuva: a abensonhada

Estou sentado junto da janela olhando a chuva que cai há três dias. Que saudade me fazia o molhado tintintinar do chuvisco. A terra perfumegante semelha a mulher em véspera de carícia. Há quantos anos não chovia assim? De tanto durar, a seca foi emudecendo a nossa miséria. O céu olhava o sucessivo falecimento da terra, e em espelho, se via morrer. A gente se indaguava: será que ainda podemos recomeçar, será que a alegria ainda tem cabimento?

Agora, a chuva cai, cantarosa, abençoada. O chão, esse indigente indígena, vai ganhando variedades de belezas. Estou espreitando a rua como se estivesse à janela do meu inteiro país. Enquanto, lá fora, se repletam os charcos a velha Tristereza vai arrumando o quarto. Para Tia Tristereza a chuva não é assunto de clima mas recado dos espíritos. E a velha se atribui amplos sorrisos: desta vez é que eu envergarei o fato que ela tanto me insiste. Indumentária tão exibível e eu envergando mangas e gangas. Tristereza sacode em sua cabeça a minha teimosia: haverá razoável argumento para eu me apresentar assim tão descortinado, sem me sujeitar às devidas aparências? Ela não entende.

Enquanto alisa os lençóis, vai puxando outros assuntos. A idosa senhora não tem dúvida: a chuva está a acontecer devido das rezas, cerimónias oferecidas aos antepassados. Em todo o Moçambique a guerra está parar. Sim, agora já as chuvas podem recomeçar. Todos estes anos, os deuses nos castigaram com a seca. Os mortos, mesmo os mais veteranos, já se ressequiam lá nas profundezas. Tristereza vai escovando o casaco que eu nunca hei-de usar e profere suas certezas:

— *Nossa terra estava cheia do sangue. Hoje, está ser limpa, faz conta é essa roupa que lavei. Mas nem agora, desculpe o favor, nem agora o senhor dá vez a este seu fato?*

— *Mas, Tia Tristereza: não será está chover de mais?*

De mais? Não, a chuva não esqueceu os modos de tombar, diz a velha. E me explica: *a água sabe quantos grãos tem a areia. Para cada grão ela faz uma gota. Tal igual a mãe que tricota o agasalho de um ausente filho.* Para Tristereza a natureza tem seus serviços, decorridos em simples modos como os dela. As chuvadas foram no justo tempo encomendadas: os deslocados que regressam a seus lugares já encontrarão o chão molhado, conforme o gosto das sementes. A Paz tem outros governos que não passam pela vontade dos políticos.

Mas dentro de mim persiste uma desconfiança: esta chuva, minha tia, não será prolongadamente demasiada? Não será que à calamidade do estio se seguirá a punição das cheias?

Tristereza olha a encharcada paisagem e me mostra outros entendimentos meteorológicos que minha sabedoria não pode tocar. Um pano sempre se reconhece pelo avesso, ela costuma me dizer. Deus fez os brancos e os pretos para, nas costas de uns e outros, poder decifrar o Homem. E apontando as nuvens gordas me confessa:

— *Lá em cima, senhor, há peixes e caranguejos. Sim, bichos que sempre acompanham a água.*

E adianta: tais bichezas sempre caem durante as tempestades.

— *Não acredita, senhor? Mesmo em minha casa já caíram.*

— *Sim*, finjo acreditar. *E quais tipos de peixes?*

Negativo: tais peixes não podem receber nenhum nome. Seriam precisas sagradas palavras e essas não cabem em nossas humanas vozes. De novo, ela lonjeia seus olhos pela janela. Lá fora continua chovendo. O céu devolve o mar que nele se havia alojado em lentas migrações de azul. Mas parece que, desta feita, o céu entende invadir a inteira terra, juntar os rios, ombro a ombro. E volto a interrogar: não serão demasiadas águas, tombando em maligna bondade? A voz de Tristereza se repete em monotonia de chuva. E ela vai murmurrindo: *o senhor, desculpe a minha boca, mas parece um bicho à procura da floresta.* E acrescenta:

— *A chuva está limpar a areia. Os falecidos vão ficar satisfeitos. Agora, era bom respeito o senhor usar este fato. Para condizer com a festa de Moçambique...*

Tristereza ainda me olha, em dúvida. Depois, resignada, pendura o casaco. A roupa parece suspirar. Minha teimosia ficou suspensa num cabide. Espreito a rua, riscos molhados de tristeza vão descendo pelos vidros. Por que motivo eu tanto procuro a evasão? E por que razão a velha tia se aceita interior, toda ela vestida de casa? Talvez por pertencer mais ao mundo, Tristereza não sinta, como eu, a atração de sair. Ela acredita que acabou o tempo de sofrer, nossa terra se está lavando do passado. Eu tenho dúvidas, preciso olhar a rua. A janela: não é onde a casa sonha ser mundo?

A velha acabou o serviço, se despede enquanto vai fechando as portas, com lentos vagares. Entrou uma tristeza na sua alma e eu sou o culpado. Reparo como as plantas despontam lá fora. O verde fala a língua de todas as cores. A Tia já dobrou as despedidas e está a sair quando eu a chamo:

— *Tristereza, tira o meu casaco.*

Ela se ilumina de espanto. Enquanto despe o cabide, a chuva vai parando. Apenas uns restantes pingos vão tombando sobre o meu casaco. Tristereza me pede: *não sacuda, essa aguinha dá sorte.* E de braço dado, saímos os dois pisando charcos, em descuido de meninos que sabem do mundo a alegria de um infinito brinquedo.

O cachimbo de Felizbento

Toda a estória se quer fingir verdade. Mas a palavra é um fumo, leve de mais para se prender na vigente realidade. Toda a verdade aspira ser estória. Os factos sonham ser palavra, perfumes fugindo do mundo. Se verá neste caso que só na mentira do encantamento a verdade se casa à estória. O que aqui vou relatar se passou em terra sossegada, dessa que recebe mais domingos que dias de semana.

Aquele chão ainda estava a começar, recém-recente. As sementes ali se davam bem, o verde se espraiando em sumarentas paisagens. A vida se atrelava no tempo, as árvores escalando alturas. Um dia, porém, ali desembarcou a guerra, capaz de todas as variedades da morte. Em diante, tudo mudou e a vida se tornou demasiado mortal.

Vieram da Nação apressados funcionários. Os delegados da capital sempre cumprem pressas quando estão longe de sua origem. E avisaram que os viventes tinham que sair, convertidos de habitantes em deslocados. Motivos da segurança. Chamaram um por um, em ordem analfabética. Chegou-se a vez de Felizbento. O velho escutou, incrédulo como o sapo que comeu a cobra. Sua única substância foi um suspiro. Ficou como estava, enrolando a alma. Os outros se resumiram, embrulho e vulto, nas traseiras dos camiões. Mas Felizbento se deixou imóvel. O funcionário chefiou a situação, ordenando que se depressasse. Que fosse, igual aos outros.

— *Não ouviu a ordem? Agora, implementa.*

Felizbento deu uma segunda demão no silêncio, esfregou um pé no outro. Puxava lustro em pé descalço? Ou apontava o chão, lugar único de sua existência? Sempre calara suas dores, mais fornecido de paciência do que de idade. Finalmente, apontou a vaga mata e falou:

— *Se vou sair daqui tenho que levar todas essas árvores.*

O nacional funcionário economizou paciência e lhe disse que, mais semana, eles voltariam para o carregarem, nem que fosse à bruta força. E foram.

No dia sequente, o homem pôs-se a desenterrar as árvores, escavando pelas raízes. Começou pela árvore sagrada do seu quintal. Trabalhou fundo: lá onde ia covando já se desabria um escuro total. Para dar seguimentos na fundura passou a levar um petromax, desses que trouxera do Johnne. E tempo após tempo, se demorou nesse serviço.

Sua esposa lhe apontava, desapontada, a incondizência de seus atos. Nem valia a pena perguntar nada a Felizbento. Roupa de morto já não se amarrota. Teima de velho não se desfigura. A senhora ficava à janela como um relógio parado. No escuro da noite, a velha só via a locomoção do petromax, parecia nenhuma mão lhe segurava.

Aflita a mulher desenhou o plano. Ela se ofereceria, imitando os tempos em que seus corpos desacreditavam ter limite. Foi ao fundo dos armários, onde nem as baratas ousam. Tirou a saia de flores, os sapatos de bico e ponta. E lhe fez noturna espera, roupa e cheiros a apetecerem. Lembrava as antigas palavras de Felizbento, nesses outroras:

— *Se é para namorar o melhor é a noite.*

Os que já namoraram diverso e variado sabem o quentinho do escuro, leito do leito. De noite, os seres mudam seu valor. O dia mostra os defeitos do mundo: rugas, poeiras, vincos, tudo na luz se vê. À noite se olha mais, se vê menos. Cada ser se revela apenas pela luz que dele emana. E ela, nessa noite, produzia suave clareza que nem lua.

Felizbento chegou de sua labuta, olhou a mulher num raspão. Ficou como que encalhado, perdida a água de sua viagem. A mulher se aproximou, tocando em seus braços. Se apresentava dona de si mesma: essa era sua irrecusável beleza.

— *Esta noite fique comigo. Deixe as árvores, Felizbento.*

O velho ainda hesitou uma tontura. A mulher nele se envolveu, em dedilhar de trepadeira. Felizbento se sentia como água dentro do peixe. Que seria aquilo? Alma deste mundo? Foi quando ela, sem querer, pisou com seu sapato de ponta o pé descalço do marido. Foi como pico em balão. O camponês recuou, resolvido. Machado de volta à mão ele reentrou no escuro.

Certo dia, Felizbento veio à superfície e pediu à mulher que lhe desmalasse o fato, preparasse a devida roupa, engomasse os terilenes. Há mais de trinta anos que aquela roupa não cumpria cerimónia. Os sapatos já nem lhe cabiam. Os pés tinham tomado a disforme forma da descalcidão. Não havia, aliás, sapatos que lhe coubessem.

Levou os antigos sapatos assim mesmo, meio enfiados, calcando os calcanhares. Arrastava-os pelo chão, não fossem separar-se os pés dos passos. E lá foi, dobrado como caniço, nessa infância que só na velhice se encontra. Foi entrando na terra e só uma vez se virou. Não para as despedidas mas para remexer nos bolsos um esquecimento. O cachimbo! Remexeu os interiores da roupa. Tirou o velho cachimbo e revirou-o sob a luz trémula do candeeiro. Depois, com gesto desanimado, atirou-o fora. Era como se atirasse toda a sua vida.

O cachimbo lá ficou, remoto e esquecido, meio enterrado na areia. Parecia a terra aspirava nele, fumando o inutensílio. Felizbento ingressou no buraco, desaparecendo.

Ainda hoje a mulher se debruça na cova e chama por ele. Mas sem gritar. Doce como se chamasse uma pessoa adormecida. Ainda ela usa o vestido das flores, sapatos de ponta e o cheiro com que, em desesperança, ainda tentou a tentação de Felizbento. Depois ela se recolhe, apagada. Só os olhos, em redonda insistência, semelham coruja com insónia. Que sonhos convidam aquela mulher a existir?

Os que voltaram ao lugar dizem que, sob a árvore sagrada, cresce agora uma planta fervorosa de verde, trepando em invisível suporte. E asseguram que tal arvorezinha pegou de estaca, brotando de um qualquer cachimbo remoto e esquecido. E, na hora dos poentes, quando as sombras já não se esforçam, a pequena árvore esfumaça, igual uma chaminé. Para a esposa, não existe dúvida: em baixo de Moçambique, Felizbento vai fumando em paz o seu velho cachimbo. Enquanto espera a maiúscula e definitiva Paz.

O poente da bandeira

Aurorava. O sol dava as cinco. As sombras, neblinubladas, iam espertando na ensonação geral. No topo das árvores, frutificavam os pássaros. Toda madrugada confirma: nada, neste mundo, acontece num súbito. A claridade já muito espontava, como lagarta luzinhenta roendo o miolo da escuridão. As criaturas se vão recortando sob o fundo da inexistência. Neste tempo uterino o mundo é interino. O céu se vai azulando, permeolhável. Abril: sim, deve ser demasiado abril. Agora, que a aurora já entrou neste escrito, entremos nós no assunto.

Nesta manhã tão recente, uma criança vem caminhando. Quem é este menino que faz do mundo outro menino? Deixemos seu nome, esqueçamos seu lugar. Dele se engrandece apenas a avó: que o miúdo tem intimidades com o mundo de lá. De quando em quando, a criança lhe estende a faca e pede:

— *Me corte, avó!*

Para sonhar o menino tinha que sangrar. A avó lhe cedia o jeito, habituada à lâmina como outras mães se acostumam ao pente. O sangue espontava e o mundo presenciava o futuro, tivesse a barriga prenhe do tempo encostada em seu ouvido. Ditos da velha, quem se fia?

Confirmado é que o menino segue por aquela manhã. Seus pés escolhem as pedras, nem precisam dos olhos para se guiarem. O miúdo passa no municipal edifício, o único da vila. Seu rosto se ergue para olhar a bandeira. O pano dança dentro do céu, como luz que se enruga. Um velho coqueiro sem copa serve de mastro. As cores do pano estão tão rasgadas que nada nele arco-irisca. Os olhos do miúdo pirilampejam de encontro à luz: é quando o golpe lhe tombou. Deflagra-se-lhe a cabeça, extracraniana. A voz autoritarista do soldado lhe desce:

— *Você não viu a bandeira?*

Tombado no carreiro, sobre as pedras que antes evitava, o menino olha as cimeiras paragens. Um coqueiro lhe traz lembranças litorais. Onde há uma palmeira sempre deve ser inventado um mar, eternas ondas morrendo. Agora, rebatido no repentino solo, o menino estranha ver tanto céu. A pergunta lhe vem pastosa: porquê o chão, tão debaixo dele? Outro golpe, a bota espessa lhe levando o rosto ao encosto da terra. Fica assim, pisado, sem outra visão que a da areia vermelha. Seu pensamento se desarruma. Palmeira, palma do mar, onde o azul espeta suas raízes. Pergunta-se, com as devidas vénias: e se içassem não a bandeira mas a terra?

Ceda-se o turno ao mundo. A voz lhe chega, baixada como um chicote:

— *Você, miúdo, não aprendeu respeitos com a bandeira?*

Sente o sangue escorrendo, a bota do soldado ainda lhe dói uma última vez. Como pode saber ele os procedimentos exigidos pelo vigilante? Mas o soldado é totalmente militar: está só cumprindo ignorâncias, jurista de chumbo incapaz de distinguir um fora-da-lei de um da lei-de-fora. E o menino vai vislumbrando um outro caminho, tão sem pedrinhas que os pés nem tinham que escolher. Um caminho que dispensava toda bandeira. À medida que o soldado desfere mais violência, a bandeira parece perder as cores, a paisagem em redor esfria e a luz tomba de joelhos. É, então.

Sucede coisa que nem nunca nem jamais: a bandeira, em inesperado impulso, se ergue em ave, nuamente atravessando nuvens. Fluvial, o pano migra para outros céus. No momento, se vê o quanto as bandeiras roubam aos azuis celestiais.

Mas o espanto apenas se estreou, aquilo era apenas o presságio. Porque, no sequente instante, a palmeira se despenha das suas alturas fulminando o soldado, em clarão de rasgar o mundo em dois. Sobem confusas poeiras, mas depois a palmeira se esclarece, tombada em assombro, junto aos corpos.

A árvore estava já morta, ainda houve o dito. Poucos criam. A crença estava com a avó, sua outra versão: o tronco se desmanchara, líquido, devido à morte daquela criança. Vingança contra as injustiças praticadas contra a vida. De se acreditar estavam apenas aquelas duas mortes, uma contra a outra. A palmeira sumiu mas para sempre ficara a sua ausência. Quem passe por aquele lugar escuta ainda o murmúrio das suas folhagens. A palmeira que não está conforta a sombra de um menino, sombra que persiste no sol de qualquer hora.

Noventa e três

Foram entrando um por um. O velho estava na cabeceira, cabeceando. À medida que entravam, alguém anunciava os nomes, descrevendo em alta voz o jeito dos vestidos. Os netos encheram sala, os bisnetos sobraram no quintal. O avô levantava um olhar silencioso, sem luz. Sorria o tempo todo: não queria cometer indelicadeza. O avô fingia, aniversariamente. Porque em nenhum outro dia os outros dele se recordavam. Deixavam-no poeirando com os demais objetos da sala.

Esta noite, as prendas se juntam e ele apalpa os embrulhos. O seu gesto não leva desacerto. Afinal, não há mão mais segura que a do cego. Porque o cego agarra o que há e o resto não acontece. Lugar de quem não vê está sempre certo: afinal, só erra quem pode escolher. O velho agradece, vidente invisual. Tudo estando longe da vista, perto do coração.

Os convidados ficam um tempito junto dele, não sabem o que dizer, não há quase nada a dizer, o velho ouve só acima das gritarias. Depois, quem sabe olhar um cego? Vendo-o assim esplendoloroso, acreditam, para sossego deles, que o avô já tenha adormecido. O dia lhe sendo igual à noite, o cego bem deve dormir de ouvido.

Mas o avô apenas se finge dormido. Naquele enquanto, ele apenas aguarda uma fresta para poder exercer sua mais secreta malandrice. Todos os dias escapa do lar. Quando a cidade refreia o pulso, ele sai à rua. Nunca lhe notaram essas ausências. Nem imaginam que, andando em tropeços tão pequenos que nunca chega a cair, ele diariamente se evade para o jardim público. Vai encontrar seus dois vigentes amigos: um gato silvestre e Ditinho, o menino da rua, desses que perderam morada. O miúdo lhe conversa e o velho lhe oferece uma nenhumita coisa que roubou de casa. Para ambos, o mundo é muito grande. Cansado de puxar estória, o miúdo adormece. Amolecido, o avô também se aplica no banco de jardim. Até que aparece o gato, mais meloso que rameloso. O gatito se esfrega, seu todo corpo é uma língua lambendo o velho. O bicho ronrosna, farfalhante. Gato que ama é sempre asmático?

Agora, por entre os barulhos que invadiram toda a casa, o avô sente saudade do jardim. Será que pode sair?

— *Sair?*

Os familiares se admiram, indignados. Então, no preciso dia de anos? E aonde? O velho se resigna, desistido. Que ele era de manias já sabiam. Exemplo: há três anos atrás ele decidira fazer seu próprio caixão. A família se perguntava: que deu nele? A filha mais velha estremeceu: seria pressentimento? Os irmãos, contudo, riram: disparate!

O velho, no enquanto, prosseguia a construção. Hoje um toque, amanhã um retoque. Esta é a morada a mais definitiva, obra para nossa eternidade, não será que vale a pena cuidar dela? Vocês estão a vida inteira trabalhando para erguer casa provisória; eu trabalho no definitivo.

Por isso, os familiares não se perturbam com os desejos do velho. Em plena comemoração da sua idade ele quer ir passear-se longe e sozinho? Coisa de menino, delírio infantil. E assim deixam o velho na poltrona da cabeceira, em aparência de sono. Todos se garantem de que ele não precisa mais cuidado. Mas a ilusão de se estar certo nasce de todos estarem errados no mesmo momento. Pois, o velho, de repente, proclama a súbita pergunta:

— *Me desculpem vocês todos: mas, fim ao cabo, quantos anos eu faço?*

Riram-se. O velho malandrava, devia fingir esquecimento. Uma voz se levanta, lhe anunciando a idade. O velho franze a testa, desconfiado:

— *Noventa e três?*

Parecia atónito. No restante da noite, ele intervalava a cadeira com repentinos espantos. E voltava:

— *Noventa e três?*

Mais tarde, já as danças se emparelhavam. O velho tropeçando entre os casais, aborda um alguém: *me desculpa, meu filho, em que ano estamos?*

— *Noventa e três, pai.*

Não, corrige o velho. *Pergunto em que ano estamos.* Mas já ninguém estava. A multidão, ruidosa, acelera os festejos. Naquela alegria não cabem avôs. As bebidas correm, as mentes se vão tornando líquidas.

Finalmente, trazem o bolo de aniversário. O velho sopra em todo o lado menos no bolo. Decidem todos juntos apagar as velas, na vez do festejado. O bolo é cortado rápido, há que regressar à alegria. O velho deve estar por aí dormindo, dizem, ele descansa assim no meio de qualquer momento. Mas o avô não dorme. Está quieto sofrendo de saudade dos seus companheiros da rua, Ditinho mais o gato. Esses, sim, mereciam pensamento. Só para eles, vadios do jardim, ele se sentia avô.

E sem que ninguém se aperceba, o aniversariante escapa do aniversário. Se adentra no jardinzito e se estende no banco, suspirando uma leve felicidade. O gato desce da paisagem e se enrosca docemente no braço. O velho lhe tinha reservado um doce roubado à festa. Ditinho chega depois, vindo de jantar um lixo.

Diante do banco, o miúdo espreita curioso. Nunca o velho se apresentara tão tardio. A criança se senta, familiar. Coloca a mão no bolso do avô, avalia-lhe o volume da carteira e pergunta:

— *Então, quanto temos aqui?*

O velho sorri, leva a mão ao peito e proclama:

— *Noventa e três!*

Os olhos do miúdo relampejam:

— *Tudo isso? Estás rico, vavô.*

O velho concorda, acendendo um sorriso. O menino tinha o coração em trabalho de parto:

— *Com esse tanto dinheiro hoje vamos fartar por aí: comer, beber, gargalhotar.*

E se levanta, puxando o velho por uma escura ruela. O avô ainda se lembra: a minha bengala! Mas Ditinho responde: sua bengala, a partir de hoje, sou eu. E se afastam os dois, cada vez mais longe dos ruídos da festa de aniversário. No jardim, o gato esfrega uma saudade na esquecida bengala. Depois, corre pelo beco escuro, juntando-se aos dois amigos que, já longe, festejavam o tempo, comemorando o dia em que todos os homens fazem anos.

Jorojão vai embalando lembranças

Meu amigo Jorge Pontivírgula, o nosso Jorojão, me contava seus mal-desentendidos com a vida. Azares que ele, conforme dizia, sempre pressentira. Meu amigo se mostrava no que era: um pressentimentalista. Já vos conto. Antes, porém, ponho em retrato a alma inteira do dito Jorge.

No resumo da sua vida, o Jorojão sempre só tinha um querer: evitar confusão. Nem tantos receios encostavam num homem de tanto tamanho. Sua altura excedia a de um gigante. Falava-se com ele olhando as nuvens. Em brincadeira dizíamos: o homem só beija sentado! O tal Jorojão, nos coloniais tempos, passou pela política como dinheiro em bolso indigente: circulando pouco e nunca morando. O burburinho da cidade lhe fazia mal. Para sair pelos matos se ofereceu para motorista de safáris. Assim se punha distante do mau hálito do mundo. Não se livrou, porém. Pois lhe aconteceu ter que conduzir uma delegação de chefes da PIDE aos matos onde estes iriam caçar. Gente grosseira à caça grossa: que mais ele podia temer? No fim do dia, um dos autoritosos polícias lhe baixou a ordem de limpar as armas. Lembra-se de ter tremido:

— *As armas?*

Nem ele mexia sequer nessa palavra, quanto mais. Mas fingiu as contas e lá esfregou, limpou, oleou. Quando passava o último lustro, um tiraço deflagrou em plenas ventas de um dos desditosos ditos. O PIDE caiu que nem coco em dia de ventania.

Passados que foram trinta anos, o Jorojão se desculpa: *foi um tiro pequenito, um tiritinho de nada. Não é que o gajo esticou mesmo? Eh pá, nem acredito que tivesse morrido do tiro. Deve ser foi um susto cardíaco. Ou se calhar tinha a cabeça mal atarraxada.*

Volta a encher o copo, verte a inteira bebida. Depois, fecha os olhos, estala a língua, afia uma nova alegria. A tristeza já espreitava, à tona da memória, havia que submergir a alma na cerveja. Balançando a cadeira me explica: é o embalo do assento que o faz voltar ao antigamente. Não fosse a cadeira ele já se tinha despedido de toda a lembrança.

O balanço já devia ser muito pois ele voltava ao antigamente: depois do tiro, foi preso por ligações ao terrorismo. Sorte sua: já se estava em janeiro de 74, não tardou a que o regime fascista tropeçasse em abril. Aquela manhã lhe permanece bastante inesquecível. As massas assaltaram a prisão, vão direito à sua cela e o carregam em braços. Só então ele mediu a sua própria altura: lhe subiu uma vertigem. Era o herói, justiceiro do povo.

— *Veja lá eu, pá, um gajo que nem se mete... se houvesse um prémio para mim seria o de descompensação.*

Mas a Revolução lhe atribuía distinção: dirigir uma empresa nacionalizada. O Jorojão ainda tentou recusar. A recusa ainda dava, porém, mais confusão. Daí que ele tivesse desempenhado com o maior empenho. O Jorojão entrava de manhã, não saía à noite. Andava tudo em cima da linha, as contas da empresa a crescerem em repletos ganhos. Tudo corria tão bem que começaram a desconfiar. As outras empresas estatais nem prato tinham e ele abastava-se de sopa? Veio a brigada do controlo, nem olharam os papéis. Bastou olharem para a parede do gabinete e verem a arma.

— *Esta arma não está identicamente com as orientações.*

— *Mas essa é a arma gloriosa, foi com ela que eu matei o pidalhão, não se lembram, cuja essa arma fui dado em cerimónia pública?*

Não serviram as explicações. Como se podia saber se era a mesma arma? Na parede de um gabinete todas as espingardas são pardas. E lhe levaram preso, acusado de armazenar armamento duvidoso. Ficou na prisão, mais quieto que pangolim. Ainda se lembra dos infelizes tempos de desglória, dormindo para esquecer o estômago. Agora, lhe amargam essas lembranças:

— *Já viu, o senhor? Não sou eu, os assuntos é que se metem com meu nariz.*

E lá ficou, meses a pavio. Certo dia, espreitando pelas grades vê dar entrada na prisão um magote de trabalhadores da sua empresa. Pede audiência ao responsável da prisão, em tento de entender a presença dos seus subordinados. O chefe do presídio lhe falou com estranhas deferências:

— *O senhor Jorojão sabia que era para ser solto hoje?*

— *Solto?*

— *Sim, hoje mesmo, em comemoração do Dia Mundial da Meteorologia. Contudo, vai ter ficar preso mais uns tempos...*

E porquê aquele dito e desfeito? O adiamento da soltura provinha do seguinte: os ditos trabalhadores, saudosos do diretor aprisionado, haviam engendrado uma cerimónia de feitiçaria para que o seu dirigente fosse posto em liberdade. As autoridades interromperam o ritual e prenderam os participantes, acusados de obscuras superstições. Já estava a causa em cima do efeito: a libertação do Jorojão teria que ser suspensa não fossem os créditos da medida para as feudalistas cerimónias. *Simples*, lhe explicava o chefe da prisão. *Se você saísse agora haviam de dizer que essas cerimónias supersticiosas acabam por resultar. E isso vai contra os princípios do materialismo. Por essa mesma razão, o distrito adiou as celebrações do Dia Mundial da Meteorologia.* E o desinventado Jorojão lá voltou ao cárcere.

— *Já viu? Me demoraram na prisão por causa do materialismo meteorológico!*

Meses depois é que ele desaguou em rua aberta, quando já ninguém podia relacionar a soltura com os artimanhosos espíritos. O Jorojão se lamenta: mordido pelo cão, desdentado pelo ladrão. Ainda hoje não lhe falem do estado do tempo. Sentado na velha cadeira de balanço, pesa-lhe a imensidão dos dias. Trabalhar para quê? O trabalho é como um rio: está-se acabando e o que vem atrás é ainda um rio. Esticando as pernas com lassidão me pergunta:

— *Quem está balançar: sou eu, é a cadeira ou é o mundo?*

Pranto de coqueiro

Foi evento que saiu no jornal da Nação, oficial e autenticado. O alvoroço dos coqueirais de Inhambane mereceu título e honrosas colunas. Tudo começou quando, sentado na marginal de Inhambane, meu amigo Suleimane Ibraímo partiu a casca de um coco. Pois de dentro do fruto não jorrou a habitual água-doce mas sangue. Exatamesmo: sangue, certificado e indiscutível sangue. Mas não foi o único pasmo do assunto. Do fruto brotou ainda humana voz em choros e lamentos. Suleimane não esteve com meias desmedidas: as mãos boquiabertas deixaram tombar o coco e o vermelho se espalhou em mancha. Ficou assim, atarantonto, trapalhaço, sem gota. O susto lhe fez esvair a alma em maré baixa.

Quando acorri ao lugar ele ainda estava na mesma posição, cabeça ajoelhada no peito. Restos do incidente tinham sido removidos, as mãos lavadas, amnésicas. Só a voz ainda lhe tremia enquanto me relatava o episódio. Eu desconfiava. A dúvida, sabemos, é a inveja de não nos suceder a nós as impossíveis surpresas.

— *Me desculpe, Suleimane: um coco que falava, chorava, sangrava?*

— *Eu bem sabia: você não ia acreditar.*

— *Não é não acreditar, mano. É duvidar.*

— *Então pergunte aí, por esse povo afora, pergunte a sucedência desses cocos.*

Enchi o peito para a paciência respirar. Coisas estranhas já tenho hábito. Tenho até gosto em tropeçar nessas inocorrências. Mas aquele não era o momento. Há muito que deveríamos ter saído daquele lugar. O nosso trabalho já tinha terminado há uma semana e nós ainda aguardávamos notícias do barco que nos havia de transportar de regresso a Maputo. Não que o lugar não nos desse um minucioso descanso. Inhambane é uma cidade de modos árabes, sem pressa de entrar no tempo. As casas pequenas, obsclaras, suspiram no cansaço desse eterno medir forças entre a cal e a luz. As ruas estreitas são boas de namorar, parece que nelas, por mais que andemos, nunca nos afastamos de casa.

Olho na baía o azul feminino, esse mar que não faz onda nem pede urgências. Mas meu companheiro de viagem já tem pulga e ouvido desencontrados. Quando pergunto sobre a chegada do próximo barco, Suleimane oscila, um pé e outro pé, como fazem os prisioneiros.

— *Cada vez há-de vir hoje.*

O homem falava na imperfeita certeza. Porque naquele mesmo instante, fossem saindo de suas palavras, começaram a excrescer as brisas. Ventaniava. Primeiro, se abanaram as bananeiras. Trejeitosas, as folhas balançaram, obsolentas. Nem ligámos.

Afinal, só um risco de vento é preciso para abanar as frutuosas plantas. Se deveriam chamar, no caso, as abananeiras. Mas depois, outros verdes começaram a sacudir-se em agitada dança. Suleimane se põe mais gago:

— *Esta ventania não vai autorizar nenhum barco.*

Me sento ali, milvagaroso para mostrar que não tenho opinião. Desembrulho os bolinhos que comprei faz pouco às mamanas do mercado. Um miúdo se aproxima. Penso: lá vem mais um pedinchorar. Mas não, a criança se guarda para além da mendigável distância. Já meus dentes se preparam para o sabor quando o miúdo se arregala, subindo o grito na garganta:

— *Senhor, não come esse bolo!*

Estanquei o dente, boca em assombro de não-sei-quê. O menino renova a sentença: eu que não metesse saliva no pastel. Explicar ele não sabia mas a mãe se apresentaria, em repentina chegada, por chamamento da criança. A senhora se encenou em vasto volume, segurando a hábil capulana:

— *A criança tem razão, me desculpe. Esses bolos foram feitos de coco verde, foram cozinhados com lenho.*

Só então entendo: ofenderam a tradição local que põe no sagrado o coco quando ainda verde. Interdito colher, interdito vender. O fruto não maduro, o *lenho* como é chamado, é para ser deixado na tranquila altura dos coqueiros. Mas agora, com a guerra, tinham vindo os defora, mais crentes em dinheiro que no respeito dos mandamentos.

— *Muito-muito são esses deslocados que estão vender lenho. Um dia desses até a nós hão-de vender.*

Mas o sagrado tem seus métodos, as lendas se sabem defender. Variadas e terríveis maldições pesam sobre quem colhe ou vende o proibido fruto. Os que compram apanham a tabela. A casca sangrando, as vozes chorando, tudo isso são xicuembos, feitiços com que os antepassados castigam os viventes.

— *Não acredita?*

A vasta senhora me interroga. Não tarda que ela desfie suas versões, me aplicando o princípio de que para meio entendedor duas palavras não bastam. Mesmo antes de ela falar, os presentes dão estalidos com a língua em aprovação do que vai ser dito. À boa maneira do campo, todos se confirmam. Exclamações de quem, não dizendo nada, concorda com o que esteve calado. Só então a senhora desembrulha palavra:

— *Pois lhe digo: minha filha comprou um cesto de lenho lá nos bairros. Trouxe o cesto na cabeça até aqui. Quando ela quis tirar o cesto não conseguiu. A coisa parecia estava pregada, todos fizemos a força e não saiu. Só houve um remédio: a moça voltou ao lugar da venda e devolveu os cocos no vendedor. Ouviu? E já no presente o senhor que me ponha mais ouvido. Nem diga que não ouviu falar no caso da vizinha Jacinta? Não? Lhe acrescento, senhor: a cuja Jacinta se pôs a ralar um coco e foi vendo que nunca mais esgotava a polpa. No lugar de uma panela ela encheu as dezenas delas até que o medo lhe mandou parar. Deitou tudo aquilo no chão e chamou as galinhas para comerem. Então, sucedeu o que nem posso bem contar: as galinhetas se tres-*

converteram em planta, pena em folha, pata em tronco, bico em flor. Todas, sucessivamente, uma por uma.

Recebi aqueles relatos mais calado que o búzio. Não queria mal-desentendido. O Suleimane, esse, bebia com aflição os populares relatórios, fanático acrediteísta. Até que nos fomos, saídos dali para pensão de nenhuma estrela. Tínhamos a comum intenção de buscar o sono. Afinal, o barco chegaria no dia seguinte. O regresso estava ganho, não havia mais que pensar nos fantasmas dos coqueirais.

Malas e sacos balançando no convés, motores barulhando: eis que, em demorado enfim, voltávamos para Maputo. Meu cotovelo alegre toca no braço de Suleimane. Só então reparo que, oculto entre as roupas, ele leva consigo o maldiçoado coco, o mesmo que começara a partir. Me admiro:

— *É para quê esse fruto?*

— *É para mandar analisar lá no Hospital.*

Antes que eu debitasse lógica, ele contrapôs: *aquele sangue sabe-se lá em que veias andara brincando? Sabe-se lá se era matéria adoecida ou, antes, adoesida?* E voltou a embrulhar o fruto com carinhos que só a filhos se destinam. E se afastou, embalando em canção de nenecar. Seria esse meninar de Suleimane, quase eu juro, mas me pareceu escutar um lamento vindo do coco, um chorar da terra, em mágoa de ser mulher.

No rio, além da curva

Cito do jornal a verdadeira notícia. Rezava assim: "Um hipopótamo invadiu e destruiu o mobiliário do Centro de Alfabetização e de Corte e Costura do bairro da Munhava, deixando perturbados os residentes do mais populoso bairro da capital de Sofala. [...] O guarda-noturno daquele centro disse que o animal não era um vulgar hipopótamo mas um exemplar muito estranho que arrombou a porta da escola, introduziu-se na sala de aulas e começou a destruir a mobília. [...] Circula entre a população o rumor de que o hipopótamo é, afinal, um velho cidadão que perdeu a vida na zona de onde veio o animal e que o referido velho vinha anunciar profecias: que a cidade ficará privada de chuvas e que graves doenças matarão muita gente. O facto coincide com o surto de epidemias que grassa naquela região urbana." (Fim da citação.)

O jornal não versou o restante sucedido, após o desfecho. Acrescento aqui as versões dos que testemunharam em imperfeito juízo, gente versada em noturnas aparições. Felizmente, no atual mundo, não há fontes indignas de crédito.

Jordão Qualquer acordou sobressalteado: que barulhos lhe chegavam lá da escola? Ficou inesparado, abstenso. E se decidiu ficar, a ver as consequências de nada fazer. Mas a barulheira aumentava de volume. Na escola alguém desbotava a manta, em assanhos de zaragatunagem. Ladrões, seriam. Mas assim, naquele descaramento? Estariam a tirar medidas da sua coragem? Jordão puxou a arma e se aproximou da escola. Calcanhava-se, os pés a contradizer a marcha. O tamanho dos ruídos era coisa de afugentar o atrevido e acobardar o herói. O medo é um rio que se atravessa molhado.

Enquanto chegava mais perto Jordão apelava para reforços dos céus: *que os xicuembos me segurem!* A lua iluminava o caminho. O luar é bom mas não chega para tirar o espinho do pé. É assim que Jordão não pode autenticar o tudo que viu, as coisas que se seguiram e que lhe couberam mais nos olhos que no pensamento. Pois quando ele espreitou na janela viu o enorme bicho mastigando a máquina de costura. A enormeza de tal mamífero nunca lhe tinha sido vista. Não era um simples, desses. Se diria ser um hiperpótamo. O bichorão descobriu o milícia na moldura da janela. Fixou o homem com seus olhos ensonados, postos no sótão da testa. Depois, voltou a trincar a mobília. Prosseguia assim o piquenique do pícnico.

Pela cabeça de Jordão Qualquer passaram ideias, repentinas como pássaros. Como chegara ali aquele mpfuvo? Será que viera buscar sabedoria, aprender as escritas na ânsia de transitar de artiodáctilo para artio-dactilógrafo? Ou se vinha inscrever no corte e costura? Não, não podia. Os dedos dele eram mais desengenhosos que asas da panela.

Naqueles segundos de hesitação, o miliciano lembrou o antigamente. Os caçadores do mpfuvo, no cumprimento da tradição, não partiam para o rio sem a bênção dos vapores mágicos. Marido e mulher se enfumavam daquele remédio para ganharem as boas sortes. Quando o caçador espetava a primeira azagaia na presa um mensageiro ia à aldeia avisar a esposa. A partir de então a mulher estava proibida de sair de casa. Acendia um lume e ficava a guardar a fogueirinha, sem comer e sem beber. Se ela desobedecesse, o seu marido sofreria as raivas do hipopótamo: a vítima virava caçador. Estar assim em clausura era coisa que também prendia a alma do bicho, impedindo o paquiderme de fugir do seu espaço fatal. O encerramento da mulher só terminava quando, vindas lá do rio, se escutavam as alegrias da consumação da caça. Na povoação todos se alegravam menos ele, Jordão Qualquer. As azagaias pareciam sempre ter ferido sua alma, lá na extensão do rio.

Mas agora, na janela da escolinha, não são as canções de júbilo mas a zanga do bicho que desperta o miliciano. De facto, no real presente, o hipopótamo se zanga com o cenário. Esquinas, portas, paredes: essa geografia ele desconhecia. E todo se arreganha, descortina os dentes. O miliciano definha de medo, só a arma lhe dá tamanho. Súbito, sem pensar, Jordão dispara. Os tiros saltam de rajada, certeiros. O nariz estando em frente da visão nunca estorva os olhos. O bicho estremurchou, em pleno tamanho, todo derrubado. O cor-de-rosa da barriga lhe dava uma aparência recém-nascida. No último instante, o moribundo dedicou ao caçador um olhar cheio de ternura. Como se houvesse não ressentimento mas gratidão. Seria amor à última vista?

Jordão se lembrou como, em criança, ele se enternecia dos mpfuvos, seus desajeitosos modos: tanta nuca para nenhum pescoço! Tão gordos que pareciam aptos para toda a dança. Porque aqueles desastrados bichos, tão pouco terrestres, lhe eram afinal irmãos: ambos não tinham lugar entre a gente. Jordão sonhava com os animais, pareciam canoas viradas do avesso na lenta superfície do rio. E ele, no sonho, montava-lhes os dorsos e subia o rio, além da curva. Esse era o devaneio maior: descobrir o adiante da humana paisagem, encontrar o lugar para além de todos os lugares.

Porém agora, arma na mão, já lhe apetecia ser patrão de outras vidas, espezinhar as restantes criaturas, subitamente inferiores. Lhe subiu uma repentina raiva de, no passado, se ter sentido irmão daquelas animálias. A prepotência lhe vinha da espingarda ou a idade lhe matara a fantasia? Ou será que todo o adulto se adultera?

Alertados pelos tiros chegaram os muitos curiosos. Começaram os ditos e não ditos, choveram propérios e impropérios:

— *Mataste o mpfuvo? Não sabes quem era esse animal?*

— *Vais ver o castigo que vamos ser dados por culpa sua...*

— *Nem espere por amanhã. Você se vai arrepender desse seu dedo ter gatilhado.*

E foram-se. Sentado no último degrau da escola, Jordão ficou calado com os seus botões. O pensamento lhe tinha emagrecido. Que poderia fazer? Acusavam-no de ter morto não um bicho mas um homem transfigurado. Como podia adivinhar sobre a verdade do hipopótamo, suas mensageiras funções? Mergulhou a cabeça entre os braços e assim ficou, mais circunflexo que o acento.

Foi quando um safaninho o despertou. Alguém lhe tocava as costas em jeito de lhe querer despertar. Olhou para trás: um arrepio lhe sacudiu o todo corpo. Era um pequenino mpfuvo, filhote da hipopótama. A cria: o que ela queria? Procurava o amparo, o abrigo de um maior ser. Chafurdou o sovaco do miliciano como se lhe quisesse despertar um imaginário seio. Depois, se juntou ao corpanzil da mãe e grunhiu para convocar sua atenção. Jordão olhou o bicharoquinho, aquela boca de não caber no focinho. Então, se levantou e laçou o órfão nos braços. O pequeno se agitava, aumentando-se no peso. Jordão tropeçava, quase deixando cair a carga, voltava a gaguejar os passos pela lama das margens.

Quando chegou ao rio, o hipopotaminho se empinou em enorme festa e se juntou à familiar manada. Enquanto contemplava a cena, Jordão começou a insuportar o peso da arma. O ombro lhe adoecia da tal carga. Em gesto brusco, como se se despedisse de uma parte de si, lançou a espingarda no rio. Foi nesse momento que escutou a humana voz. Vinha de onde? Vinha do pequeno filhote que salvara:

— *Sobe naquela canoa virada.*

Canoa? Aquele espesso volume acima da superfície? A voz repetia o convite:

— *Vem. Eu te mostro o rio além da curva.*

Então, já tornado encantável, o desarmado Jordão subiu o dorso húmido do sonho e extravagou-se pelo avesso da corrente.

O abraço da serpente

A notícia da Rádio falava na imprecisa morte de Acubar Aboobacar, encontrado em jeito de total falecimento no vasto cadeirão de sua sala. E assim: *pelo aspecto do malogrado suspeita-se que a causa da morte tenha sido mordedura de cobra. Contudo, não foram encontrados nem o animal nem sinais dos dentes no corpo do falecido. A esposa disse à Rádio que Aboobacar vinha denotando um comportamento estranho e lhe dirigia frequentes ameaças. Suspeitava, sem fundamento, de infidelidade conjugal.*

Segue-se a composta versão dos factos e personagens, irrepetidamente sempre outros como o rio em que ninguém se banha nenhuma vez.

Mintoninho saiu de casa correndo por verdanias, escancarados capinzais. Ia chamar o pai, Acubar Aboobacar. O menino não queria que sua mãe, vendedeira no bazar, desencontrasse o marido ao regressar a casa. O miúdo se cansara das brigas caseiras que, a cada bebedeira do pai, sempre se recomplicavam.

Naquela tarde, Mintoninho, correnteiro, esperava

prevenir desgraça. Ao pisar a estrada, porém, ele estacou. No chão se exibia, arrogante, uma boina azul, dessas. Teria tombado dos carros das Nações Unidas? Seria desses soldados que exercem a exclusiva profissão da Paz e que dão ao mundo mais notícia que sossego? Por momentos, Mintoninho hesitou: se poderia assenhorar do achado, já que ninguém ali presenciava? Ficou com a boina rodando nos indecisos dedos, entre devaneios de sinceros usos e abusos. Depois, optou: iria entregar o chapéu, mais tarde, lá no quartel dos boinistas. Por agora, ele apenas o arrumaria em casa.

E voltou atrás para depositar a azulíssima boina, em pacífico repouso, no armário da entrada. No seguinte, ele redesatou pernas pela estrada. Mas nem precisou de chegar ao bar. O pai já vinha de volta, cambalinhando no passeio, cervejeiro andante. Olhando aquela figura, o menino sentiu saudade do pai que ele tinha sido antes da guerra. Como se fora um órfão e aquele que ia achegando fosse um mero padrasto, passageiro e passeante.

Os dois, pai e filho, se saudaram em partilhados silêncios e caminharam como se não houvesse casa que neste mundo lhes competisse. E foi logo-logo ali na entrada: por cima do armário a boina azul prendeu os espantos do homem.

— *Quem é isto?*

Acubar Aboobacar nem cabia nos universos. A vasta admiração dele sobrava, descomposta, de todos seus nervos. O homem se inacreditava. Podia a mulher, certificada esposa, ter escolhido outros sabores entre os estrangeiros fardados, testemunhas dessa transição da desgraça da guerra para a miséria da paz? Perguntar é vergonha, duvidar é fraqueza. O caso exigia inadiáveis machices, espertezas e concertezas. Sem a luz da dúvida, o ódio cresce melhor. À beira-mágoa, a suspeita tomava a medida do facto. Mintoninho ainda quis explicar ao pai os motivos da boina. Mas nem teve ocasião. O pai deitou as ordens: o garoto que se retirasse, imediato como a estrela-cadente. Fosse para a varanda que os ares estavam escasseando naquele lugar.

Acubar Aboobacar ficou sentado à espera da mulher, boina vinagrando-lhe no colo. Aquele amargo do ciúme lhe crescia no todo corpo como um fermento deixado em forno. Mas era como se lhe soubesse bem a visita daquele outro eu, ele que, antes da guerra, jamais havia cuidado de perder Sulima. O ciúme dá ao homem a sua feminina estatura?

E Acubar, sentado e raso, esperava mais que a esposa a chegada de terríveis presságios. A morte tem sempre onde cair em nós. Boina no colo, ele se socorreu do sono. E assim dormindo lhe foram divulgados os segredos. Lhe vieram imagens de uma cobra gorda, trajada de humanas vestes. Envergava capulana, azulinha cor das Nações e lenço na cabeça. Em lentos talentos, o bicho se chegou a ele e lhe cocegou todo, com sua língua bífida. A cobra é bilingue para mostrar que todo o animal esconde sempre outra criatura. E o ofídio reptou por suas pernas, se enroscou na cintura e se zaragatinhou pelo peito. Quando lhe chegou ao pescoço Acubar ouviu os olhos dela: eram os de Sulima, sem falta nem acréscimo. Eram olhos terrestres, poeirados, descalços. Nele se fixavam como o ópio olha o pulmão. Então, a cobra falou-lhe:

— *Será assim, presos um em outro, será assim que vamos viver em diante.*

Acubar sentiu o ar exilar-se do peito. Encerrado como um parágrafo, ainda pensou em gritar, chamar o socorro. Mas lhe veio a lembrança, em reminisciência. O avesso da vida não é a morte mas uma outra dimensão da existência. A serpente, diz-se, nasceu junto com a alma humana. Sim, a cobra é feita de enganos tal igual a mulher. As garras de uma estão na boca da outra. Sulima lhe estava ali convidando para entrar dentro dele.

— *Cada homem tem suas paixões viscerando-lhe dentro. Eu entrarei em ti para que não haja despedida, carne em carne.*

Acubar abriu a boca, mandibularmente. Fosse pelo apelo da serpente, fosse pela asfixia que começava a lhe apertar. Despertou, transpirado, transpálido. Ele sempre dizia: quando eu morrer há-de ser só para dar saudade nos ausentes. E agora, ao sentir-se desfalecer chamou pelo filho, o mais presente desses ausentes. *Filho, estou a começar a desviver. Sofro de um frio que me está vir de dentro. Parece é um bicho lagarteando a minha barriga, malvoraçando-me os sangues, nem sei se sonhei se é coisa que realmente me sucede.* Mintoninho fez atenção em lhe cobrir. O pai negou:

— *Deixe. Meu lençol é a cerveja.*

Então, o miúdo viu o pai transitando de derme para epiderme, lhe aparecendo visíveis umas escamas verdes-esverdeadas. Parecia que outro ser, monstriforme, roubava o desenho do seu velho. Mesmo a voz se irreconhecia:

— *Já nem me tenho para a frente, filho. Foi a cobra que matou-me.*

— *A cobra? Onde?*

— *Me mordeu por dentro. Me entrou aqui.*

O menino, primeiro, acreditou ser fingimento de bebedeira. Mas, depois, em face das novas aparências do pai ele se afligiu. Quis partir em socorro. Mas o braço paterno lhe impediu.

— *Deixa filho: ferida da boca se cura com a própria saliva. E estou me curando é da vida, dessa vida que não soube gostar como era devido.*

Dizem foi nesse instante que ele terminou, encolhido e tão miúdo que o filho o tomou pela primeira vez num inteiro abraço. A mãe encontrou os dois assim estatuados em lembrança. Estranho foi que ela, mal entendeu a visão, em apressado gesto retirou a boina azul do colo do marido. Depois, amarfanhou-a disfarçadamente em sua bolsa. Dizem.

Sapatos de tacão alto

Passou-se nos coloniais tempos, eu ainda antecedia a adolescência. A vida decorria num tal Esturro, bairro cheio de vizinhança. Nesse lugarinho, os portugueses punham sua existência a corar. Aqueles não ascendiam a senhores, mesmo seus sonhos eram de pequena ambição. Se exploravam era arredondando as alheias quinhentas. Se roubavam era para nunca ficarem ricos. Os outros, os verdadeiros senhores, nem eu sabia onde moravam. Com certeza, nem moravam. Morar é um verbo que apenas se usa nos pobres.

Nós morávamos nesse bairrinho de ruas poeirentas, onde o poente começava mais cedo que no resto da cidade. Tudo decorria sem demais. Nosso vizinho era a única, intrigante personagem: homem graúdo, barbalhudo, voz de trovoada. Mas afável, de maneiras e requintes. Lhe chamavam o Zé Paulão. O português trabalhava nos pesados guindastes, em rudes alturas. Seu tipo era o de um galo de hasteada crista, cobridor de vastas capoeiras. Mas vivendo totalmente sozinho. Os homens se admiravam da sua sozinhidez, as mulheres maldiziam aquele desperdício. Todos comentavam: homem tão humano, macho tão dotado de machezas e vivendo apenas de si para si. Nem nunca se lhe testemunhavam nenhumas companhias. Afinal, Deus não deu nozes a ninguém, comentavam as mulheres.

Dele se sabia apenas o condensado sumário: sua esposa fugira. Quais as razões de se desconsumar um tal casamento ninguém sabia. Ela era a tugazinha modesta, filha de lavradores muito campestres. Linda, de despontante idade. Uma vez a vimos, saindo de casa, sustosamente branca. Vinha pelo meio da avenida em certo e exposto perigo. Os carros rangiam, derrapados. A branca moça não parecia nem ouvir. Então, eu vi: a moça chorava, em aberto pranto. Meu pai estancou a nossa viatura e lhe perguntou qual podia ser nossa valência. Mas a mulher não ouvia, sonambulante. Decidiu meu pai escoltar a criatura, protegendo-a dos perigos da avenida, até ela se perder no último escuro. Só então confirmámos: a mulher saía de casa, em muito definitiva partida.

Desse momento em adiante, só a solidão aconchegou o Zé Paulão. O que se semelhava, na pública vizinhança. Só nós sabíamos, porém, o conteúdo da autêntica verdade. No quintal de trás, onde não se punham os alheios olhos, nós víamos, cada vez em quando, roupas de mulher se estendendo no sol. O Paulão, afinal, tinha seus esquemas. Mas ficava em nós o nosso segredo. Minha família queria gozar, exclusiva, aquela revelação. Os outros que sentissem pena do solitário. Nós, sozinhos, conhecíamos as traseiras da realidade.

E outro segredo nós guardávamos: de noite escutávamos os femininos passos do outro lado da parede. Em casa de Zé Paulão, não havia dúvida, tiquetaqueavam sapatos de tacão alto. Rodavam no quarto, corredor e salas noturnas do vizinho.

— *Grande malandrão, este Paulão!*

Minhas tias autenticavam as malícias, riso por trás dos dentes, dentes por trás das mãos. E se falava muito da misteriosa mulher: quem seria que nunca se via entrar nem sair? Minha mãe apostava: consistiria em dona alta, muito mais alta que o Paulão. Os passos pareciam antes de uma gorda, contrafalava minha tia. *Vai ver que é tão gorda que não consegue passar a porta*, brincava nosso pai. E ria:

— *É por isso que a gaja não sai nunca!*

Eu sonhava: a mulher seria a mais bela, tão bela e fina que só podia circular de noite. Os olhos deste mundo não lhe mereciam. Ou seria uma anja? O Paulão, lá nas alturas do guindaste, a tinha desavisadamente pegado. Certo é que a misteriosa mulher do lado me enchia os sonhos, me engelhava os lençóis e me fazia sair do corpo.

Uma noite eu exercia a minha infância com as miudagens, brincando às aventuras, heróis dos mais pistoleiros filmes. Subindo os telhados, eu escapava de mortal perseguição, enganando as centenas de índios. Em derradeiro instante, saltei para a varanda do vizinho Paulão. Ainda senti as imaginárias setas me raspando a alma. Suspirei e aproveitei para carregar a minha plástica pistola. Então, a luz se acendeu no interior da casa.

Me agachei, receando ser confundido com um vulgar larápio. Apanhar uns sopapos do corpãozudo vizinho não seria bom agrado. Me afundei no canto de um escuro. Nem via nem me podia ser visto. Então, meus ouvidos se arrepiaram. Os tacões! A tal misteriosa mulher devia rondar os anexos aposentos. Não pude evitar espreitar. Foi quando vi as longas saias de uma mulher. Me alertei todo: finalmente estava ali, ao alcance de um olhar, a mulher de nossos mistérios. Estava ali aquela que dava tema aos meus desejos. Que se lixassem os índios, que se danasse o Paulão. Me cheguei mais para a luz, desafiando os preceitos da prudência. Agora, se via a sala toda do vizinho. A fascinável dama estava de costas. Não era afinal tão alta, nem tão gorda como as suposições da minha família. De repente, a mulher se virou. Foi o baque, a terra se abrindo num total abismo. Os olhos de Zé Paulão, ornamentados de pinturas, me fitaram num relâmpago. A luz se apagou e eu saltei daquela varanda com o coração hecatombando num poscepício.

Voltei a casa de cabeça desafinada. Me fechei no meu quartinho, manipulando silêncios. Horas mais tarde, no retângulo do jantar, o tema voltou. *Nosso vizinho, esse eterno namorador, ainda há pouco lá andavam os tacões.* Era meu pai, inaugurando as más-línguas. *Vocês o que têm é inveja de não poderem fazer o mesmo*, sentenciava minha tia. E se riam, em concerto. Apenas eu me fiquei, calado em deveres de tristeza.

Mais tarde, quando todos dormiam na soltura do sono, ouvi os tacões altos. Em meus olhos sobrou uma funda, inexplicável tristeza. Chorava de quê, afinal? Minha mãe, em suspeitas que apenas as mães são capazes, invadiu o quarto, enchendo-o de luz.

— *Por que choras, meu filho?*

Então anunciei o falecimento de incerta moça que eu amara muito. Ela se retirara de minha esperança, traindo-me com um homem da vizinhança. Minha mãe se fingiu, em seu umbilical condão. E sorriu estranhas suspeições. Me ternurou seus dedos em meus cabelos e disse:

— *Deixa, amanhã mudas para outro quarto, nunca mais vais escutar esses sapatos...*

Os infelizes cálculos da felicidade

O homem desta estória é chamado de Júlio Novesfora. Noutras falas: o mestre Novesfora. Homem bastante matemático, vivendo na quantidade exata, morando sempre no acertado lugar. O mundo, para ele, estava posto em equação de infinito grau. Qualquer situação lhe algebrava o pensamento. Integrais, derivadas, matrizes: para tudo existia a devida fórmula. A maior parte das vezes mesmo ele nem incomodava os neurónios:

— *É conta que se faz sem cabeça.*

Doseava o coração em aplicações regradas, reduzida a paixão ao seu equivalente numérico. Amores, mulheres, filhos: tudo isso era hipótese nula. O sentimento, dizia ele, não tem logaritmo. Por isso, nem se justifica a sua equação. Desde menino se abstivera de afetos. *Do ponto de vista da álgebra*, dizia, *a ternura é um absurdo. Como o zero negativo. Vocês vejam*, *dizia ele aos alunos: a erva não se enerva, mesmo sabendo-se acabada em ruminagem de boi. E a cobra morde sem ódio. É só o justo praticar da dentadura injetável dela. Na natureza não se concebe sentimento.* Assim, a vida prosseguia e Júlio Novesfora era nela um aguarda-factos.

Certa vez, porém, o mestre se apaixonou por uma aluna, menina de incorreta idade. Toda a gente advertia: essa menina é mais que nova, não dá para si.

— *Faça as contas, mestre.*

Mas o mestre já perdera o cálculo. Desvalessem os razoáveis conselhos. Ainda mais grave: ele perdia o matemático tino. Já não sabia nem o abecedário dos números. Seu pensamento perdia as limpezas da lógica. Dizia coisas sem pés. Parecia, naquele caso, se confirmar o lema: quanto mais sexo menos nexo. Agora, a razão vinha tarde de mais. O mestre já tinha traçado a hipotenusa à menina. Em folgas e folguedos, Júlio Novesfora se afastava dos rigores da geometria. O oito deitado é um infinito. E, assim, o professor, ataratonto, relembrava:

— *A paixão é o mundo a dividir por zero.*

Não questionassem era aquela sua paixão. Aquilo era um amor idimensional, desses para os quais nem tanto há mar, nem tanto há guerra. Chamaram um seu tio, único familiar que parecia merecer-lhe as autoritárias confianças. O tio lhe aplicou muita sabedoria, doutrinas de pôr facto e roubar argumento. Mas o matemático resistia:

— *Se reparar, tio, é a primeira vez que estou a viver. Corolariamente, é natural que cometa erros.*

— *Mas, sobrinho, você sempre foi de cálculo. Faça agora contas à sua vida.*

— *Essa conta, tio, não se faz de cabeça. Faz-se de coração.*

O professor demonstrava seu axioma, a irresolúvel paixão pela desidosa menina. Tinha experimentado a fruta nessa altura em que o Verão ainda está trabalhando nos açúcares da polpa. E de tão regalado, arregalava os olhos. Estava com a cabeça lotada daquela arrebitada menina. O tio ainda desfilou avisos: não vislumbrava ele o perigo de um desfecho desilusionista? Não sabia ele que toda a mulher saborosa é dissaborosa? Que o amor é falso como um teto. Cautela, sobrinho: olho por olho, dente prudente. Novesfora, porém, se renitentava, inoxidável. E o tio foi dali para a sua vida.

Os namoros prosseguiram. O mestre levava a menina para a margem do mar onde os coqueiros se vergavam, rumorosos, dando um fingimento de frescura.

— *Para bem amar não há como ao pé do mar*, ditava ele.

A menina só respondia coisas simples, singelices. Que ela gostava era do Verão. Ela:

— *Do Inverno gosto é para chorar. As lágrimas, no frio, me saem grossas, cheiinhas de água.*

A menina falava e o mestre Novesfora ia passeando as mãos pelo corpo dela, mais aplicado que cego lendo "braille".

— *Vai falando, não pare* — pedia ele enquanto divertia os dedos pelas secretas humidades da menina. Gostava dessa fingida distração dela, seus atos lhe pareciam menos pecaminosos. Os transeuntes passavam, deitando culpas no velho professor. Aquilo é idade para nenhumas-vergonhas? Outros faziam graça:

— *Sexagenário ou sexogenário?*

O mestre se desimportava. Recolhia a lição do embondeiro que é grande mas não dá sombra nenhuma. Vontade de festejar deve eclodir antes de acabar o baile. Tanto tempo decorrera em sua vida e tão pouco tempo tivera para viver. Tudo estando ao alcance da felicidade por que motivo se usufruem tão poucas alegrias? Mas o sapo não sonha com charco: se alaga nele. E agora que ele tinha a mão na moça é que iria parar?

Uma noite, estando ela em seu leito, estranhos receios invadiram o professor: essa menina vai fugir, desaparecida como o arco-íris nas traseiras da chuva. Afinal, os outros bem tinham razão: chega sempre o momento que o amendoim se separa da casca. Novesfora nem chegou de entrar no sono, tal lhe doeram as suspeitas do desfecho.

Passaram-se os dias. Até que, certa vez, sob a sombra de um coqueiro, se escutaram os acordes de um lamentochão. O professor carpia as já previsíveis mágoas? Foram a ver, munidos de consolos. Encontraram não o professor mas a menina derramada em pranto, mais triste que cego sentado em miradouro. Se aproximaram, lhe tocaram o ombro. O que passara, então? Onde estava o mestre?

— *Ele foi, partiu com outra.*

Resposta espantável: afinal, o professor é que se fora, no embora sem remédio. E partira como? Se ainda ontem ele aplicava a ventosa naquele lugar? A ditosa namorada respondeu: que ele fora com outra, extranumerária. E que esta seria ainda muito mais nova, estreável como uma manhã de domingo. Provado o doce do fruto do verde se quer é o sabor da flor. Enquanto a lagrimosa encharcava réstias de palavras os presentes se foram afastando. Se descuidavam do caso, deixando a menina sob a sombra do coqueiro, solitária e sozinha, no cenário de sua imprevista tristeza. Era Inverno, estação preferida por suas lágrimas.

Joãotónio, no enquanto

Por enquanto, sou Joãotónio. Lhe digo e desdigo, mano: com mulheres me ponho em modos de ser tropa. Pois todo o encontro com elas se me aparenta uma batalha. Assim, quando olho uma eu já adianto adivinhação: como será sua voz? Não me intriga a voz visível mas a outra, silenciosa, subcorpórea, capaz de tantas linguagens como a água. Outrodizendo: eu quero adivinhar é os gemidos delas, esse resvalar de asas na frente do abismo, o arrepio da alma perdendo morada.

Você sabe, mano: a voz da pessoa esconde o doce sabor do sussurro. A voz encobre o suspiro. E agora já ouço a sua pergunta: porquê esta mania de adivinhar suspiros? É a mesma vontade do general, mano. É o gosto de antecipar a rendição do adversário. É o desejo de antescutar como elas se podem requebrar, vencidas e abandonadas.

Às vezes, penso: no fundo, eu tenho medo de mulher. E você não tem? Tem, bem que eu sei. As ideias delas nascem num lugar que está fora do pensamento. Daí vem nosso medo: nós não deciframos o entendimento das mulheres. Suas superioridades nos medonham, mano. Por isso, as concebemos em tratos de batalha, versadas adversárias. Mas volto aos começos, veja você, já eu rangia como uma curva, derraspado em filosofices. Agora recomece também sua audição.

Ainda e por enquanto: sou Joãotónio. Lhe conto, agora, a ficção da minha tristeza. Não é para espalhar por aí. Confio-lhe, mano. Porque não é um qualquer que publica assim as suas dores. O que vou escrever é motivo das vergonhas.

Começo com Maria Zeitona, causadora de todos motivos. Escrevo o nome dessa mulher e ainda me sucede ouvir sua voz, suavezinha que nem asa. Já disse: voz de mulher vale tanto como a carne dela. Pelo menos, a mim me abre os apetites mais que as visões e as tentações.

Como não ia dizendo: Maria Zeitona me apareceu intacta e intacteável. Dela se soltava a suspeita da brasa sob a cinza. Seu corpo falava pelos olhos. E que olhos cristalindos! Casámos, instantâneos. Eu queria sofrer a promessa daquele fogo. Esposava para consumar aquelas ardências que tanto enxamearam meus sonhos. Contudo, meu mano: Maria Zeitona era fria, calafrígida! Eu fazia amores era como se fosse com uma defunta. O que eu com ela praticava eram relações assexuais. E assim ela se foi mantendo mais virgem que Maria. Tentei, retentei, usei as técnicas da minha total experiência. Contudo, mano: não valeu a pena. Zeitona era lenha molhada: o fogo lhe desvalia.

Girei as táticas, lhe ofereci valiosas surpresas. Experimentei os namoros muito prévios. Até lhe beijei desde a terminal dos pés. Não arrebitou resultado. Beijo não se dá nem se recebe. A vida é que beija, recíproca. Repito, mano: a vida é que nos beija, dois seres se resumindo num único infinito. Conversa afilhada? Está certo, mano, regresso ao cujo assunto de Maria Zeitona.

No final das campanhas, lhe dei um penúltimato: ou ela se açucarava ou eu tomaria as medidas inconvenientes. E foi o que não se sucedeu. Então, mano, me decidi: entregaria Zeitona a uma prostituta. Sim, Zeitoninha faria um estágio com uma dessas profissionais de roça e destroca. Assim ela aprenderia a enrodilhar lençóis. Enfim, ela cometeria o pecado imortal.

Não demorei a escolher a adequada mestra: seria Maria Mercante, a mais famosa bacanaleira, mulher bastante inata nas artes de deitar. Escura, retintadinha, dona de deliciosos recheios. Neste mundo há dois seres que se apoiam no rabo para subir na vida: o javali e Maria Mercante. Falei bem com a rabuda:

— *Por favor, lhe ensine as viragens de núpcias!*

— *Se descanse, senhor. Corpo de mulher não basta ter qualidades: é preciso ter qualificações.*

E a qualificada prostituta prosseguiu. Falou conversas deslocadas, quem sabe se para aumentar o preço das lições. Zeitona deixaria as virgindades mais arrependida que aquela, única que concebeu sem pecado. Pois, ela conhecia era a versão do exato: Virgem Maria tinha, afinal, recusado a visita do Espírito do Santo. Respondera nestes termos: *ter filho sem fazer amor? Qual o gozo? Deitar fora o prato e ficar com o arroto?*

É essa a lição que vou dar a Zeitona: nada de platonismos: sexo à primeira vista.

Lhe interrompi, desviando a conversa dos anjos para minhas materiais aflições. Consoante pagamentos antecipados, Maria Mercante aceitou o serviço. Eu que ficasse repousado: minha esposa sairia do curso mais acesa que o pino do meio-dia. Que eu me haveria tanto de despentear com ela que até o colchão reclamaria urgentes remendos. E Zeitona lá foi para um lugar desses, de baixa seriedade. Vamos lá: um pronto-a-despir.

Passaram semanas, o curso terminado, minha esposa regressou a casa. Vinha, de facto, mudada. Seus modos eram demasiado estranhos mas não da maneira que eu esperava. Caramba, mano, até ponho vergonha nesta confissão: Zeitoninha vinha com jeitos de homem! Ela que era tão metida nos ombros dela agora parecia uma manda-bátegas. Isto é, isto foi: minha Zeitona se inchara de masculina. E não era só no momento dos namoros. Era sempre e em tudo. Na voz, inclusive. Tudo nela se emendara, mano, a pontos de eu ter que coçar as minhas machas partes para me confirmar. Digo mesmo: ela é que me empurrava a deitar, acredite, ela é que me desapertava, me ia roubando os ares. Eu ficava para ali sem nenhuma iniciativa, executado e mandado como se fosse rapariga iniciada. E a coisa continua até ao presente atual. O problema, mano, é o seguinte: eu até gosto! Me custa admitir, tanto que hesito em escrever. Mas a verdade é que me agrada esta nova condição, sendo-me dada a passiva idade, o lugar de baixo, a vergonha e o receio.

E é isto, mano. Me explique, caso lhe chegue o entendimento. Eu não sei qual pensamento hei-de escolher. Primeiro, ainda me justifiquei: afinal, a verdade tem versões que até são verdadeiras. Como, por um exemplo: nos amores sexuais não há macho nem fêmea. Os dois amantes se fundem num único e bipartido ser. Não haveria, portanto, razões para meu rebaixamento. Está-me a seguir, meu irmão?

Mas agora, no momento que lhe escrevo, nem mais me apetece explicação. Quero desraciocinar. Em cada dia não espero senão a noite, as brandas tempestades em que eu sou Joãotónio e Joanantónia, masculina e feminino, nos braços viris de minha esposa. Por enquanto, mano, ainda sou Joãotónio. Me vou despedindo, vagarinhoso, do meu verdadeiro nome.

Os olhos fechados do diabo do advogado

O doutor pousou a paciência na palma da mão. O tempo se compridava, a consulta já excedia seu próprio valor. Voltou a olhar a mulher sentada à sua frente. Tinha deixado de lhe ouvir desde há minutos. Sua distração se concentrara nas pernas da dona que cruzavam e contracruzavam. Havia ali demasiada carne para pouco tecido. Resignado, o advogado voltou aos deveres da escuta. A mulher avançava as razões de ter deixado seu esposo.

— *Meu marido ressona.*

— *Ora, isso é um motivo? Há mais gente a ressonar do que a dormir.*

— *Sim, senhor doutor. Mas este meu marido ressona ao contrário.*

— *Ao contrário?*

— *Sim, ressona só quando está acordado.*

O doutor pensou: isto é mulher de fé e vinagre. E pediu mais matéria, mais fundamento. Mas a cliente peregrinava por discurso tão inútil como óculo em mão de cego:

— O senhor olhe bem para mim. Acha que já caduquei? Não, não precisa dizer nada. A resposta está à vista nos seus olhos, doutor. Mas esse meu marido é uma alma pernada. Se o visse: altivo, empertigordo. Mas só da gola para cima. Porque, nos pisos inferiores, da cintura para...

— Desculpe, minha senhora. Mas esses detalhes...

— Detalhes? Mas são esses detalhes que fazem filhos! O senhor me desculpe mas o senhor nasceu foi de um detalhe, doutor... Intimidade não me deixa intimidada. O lixo começa é no nosso nariz. Mas voltando ao marido, antes que esfrie. Se soubesse como ele era namoradiço. Não havia noite, doutor. Como é que ele ficou-se assim? Eu já pensei, doutor. Sabe o que ele diz: que eu não lhe dou vontade porque passo a vida a chorar. Pode ser essa uma razão? Sim, é verdade, eu gosto muito de chorar. Não posso ficar um dia sem me derramar. Mas, para ele, para o meu ex-antigo-marido isso nunca foi motivo de desistência. Ele antes me subia, sem escorregar nas minhas lágrimas. Só agora é que não visita meu corpo. E sabe por quê? Sabe por que ele ficou assim? Foi por ele me beijar com olhos fechados. Sim, é verdade, ele me beijava com os olhos todos fechados. O doutor, me perdoe, mas como é que o senhor beija?

— Como é que eu beijo? Que disparate...

— Não diga que o senhor não beija, doutor? Se não quiser não responda. Mas o senhor bem sabe: um homem não pode nunca beijar de olhos fechados...

— Eu sei o que se diz sobre isso, que se perde destino

e alma, essas coisas... Mas eu não me preocupo com isso. Aliás, não fecho os olhos.

— *Nem nunca feche, doutor. Se não perde caminho de regresso.*

O doutor jurista voltou a fixar a elegância com que a senhora se cruzava no respectivo o seu assento. Ela, de repente, se calou. Ficou assim, em pausa. Depois, chegou a cadeira dela mais para a frente e murmurou:

— *Vá, doutor: não comece a encobrir o meu marido. Não faça de diabo do advogado...*

— *É ao contrário, minha senhora.*

— *Ao contrário, vamos ver depois. Sabe doutor, tenho estado a olhar os seus olhos. O senhor costuma chorar?*

— *Eu? Chorar?*

— *Sim, sem vergonha. Confesse.*

E, dizendo isto, ela saiu da sua cadeira e se sentou na secretária. Seus joelhos tocavam o doutor responsável. A mulher passou os dedos pelo rosto dele e disse:

— *Aposto que o senhor não sabe chorar direito. Chorar tem as suas técnicas, doutor. Eu tenho muita certeza neste assunto. Me formei em tristezas, sou cursada. A dor o que é? A dor é uma estrada: você anda por ela, no adiante da sua lonjura, para chegar a um outro lado. E esse lado é uma parte de nós que não conhecemos. Eu, por exemplo, já viajei muito dentro de mim...*

A mulher descia agora da secretária e se anichou no colo do advogado. O homem, equivocado, se deixou. Parecia que ele nela se abandonava. A mulher prosseguia seus avanços:

— Eu lhe vou dar aulas de choro. Não faça essa cara. Homem chora, sim. Só que tem uma própria maneira de fazer. Vou-lhe ensinar os procedimentos do choro.

— Mas eu, minha senhora, com a franqueza...

— Com a franqueza, com a fraqueza. Me escute, aprenda. Não há que ter vergonha. Primeiro, faz o seguinte: o doutor junta no peito não aquela imediata e justificada tristeza. Faz muito mal chorar uma tristeza de cada vez. Em cada momento a gente tem que chorar todas as tristezas de todas as vidas. É preciso chamar as antigas amarguras, juntar todas aflições. Faz conta construímos um dique, grande, para estancar as águas. Aqui, está a ver? Deixe-me pôr a mão no seu peito. Vá. Desabotoe a camisa, doutor. Sim, aqui. É aqui que vão inchar os afluentes e rios até começar uma inundação. De repente, o senhor vai ver: tudo se rebenta e águas jorram. O choro é uma paixão: a gente acaba e estamos cansados, como os corpos que fizeram amor.

O respeitoso legislador já estava mais inclinado que um poente. A gravata dançava, desasteada, na mão da cliente. Um sapato dela, inexplicável, se refastelava em cima do computador. A senhora ajustou horizontalidade sobre o jurista.

— Me diga, doutor: o senhor quer chorar comigo agora? Não, não tenha receio. É que há um segundo mandamento na ciência da tristeza. Nunca se deve chorar sozinho. Isso faz muito mal, dá muito prejuízo para a tristeza. Chorar isolado chama os maus espíritos. Se quiser abater uma lágrima então chore juntinho com alguém, os dois em afinamento.

Ela puxou o rosto dele de encontro ao seu entreaberto decote. A si mesma ela mais se desabotoou. Nos seios, ela sentiu o húmido dos lábios dele. Mais que isso, ela sentiu as lágrimas, volumosas aguinhas que lhe desciam. Eram tão gordas que lhe formigaram pelo corpo, cocegosas. E os dois foram cumprindo o código das leis que mandam que todo o corpo seja um copo: inclinado se vaza sobre o chão. Aqueles dois, se morressem naquele instante, não seria em imoral mas imortal posição.

E foi aquele quadro que viu, em abismada surpresa, a secretária do doutor, ao abrir a porta do consultório. O jurista e sua cliente, em braços mútuos, ambos em derramados prantos. Por que choravam dessa inundada maneira, a secretária não entendeu. O mais a chocou foi ver como o doutor consumava seus beijos: de olhos fechados, mais fechados que a porta que ela empurrou para se separar do espanto.

A guerra dos palhaços

Um vez dois palhaços se puseram a discutir. As pessoas paravam, divertidas, a vê-los.

— *É o quê?*, perguntavam

— *Ora, são apenas dois palhaços discutindo.*

Quem os podia levar a sério? Ridículos, os dois cómicos ripostavam. Os argumentos eram simples disparates, o tema era uma ninharice. E passou-se um inteiro dia.

Na manhã seguinte, os dois permaneciam, excessivos e excedendo-se. Parecia que, entre eles, se azedava a mandioca. Na via pública, no entanto, os presentes se alegravam com a mascarada. Os bobos foram agravando os insultos, em afiadas e afinadas maldades. Acreditando tratar-se de um espetáculo, os transeuntes deixavam moedinhas no passeio.

No terceiro dia, porém, os palhaços chegavam a vias de facto. As chapadas se desajeitavam, os pontapés zumbiam mais no ar que nos corpos. A miudagem se divertia, imitando os golpes dos saltimbancos. E riam-se dos disparatados, os corpos em si mesmos se tropeçando. E os meninos queriam retribuir a gostosa bondade dos palhaços.

— *Pai, me dê as moedinhas para eu deitar no passeio.*

No quarto dia, os golpes e murros se agravaram. Por baixo das pinturas, o rosto dos bobos começava a sangrar. Alguns meninos se assustaram. Aquilo era verdadeiro sangue?

— *Não é a sério, não se aflijam*, sossegaram os pais.

Em falha de trajetória houve quem apanhasse um tabefe sem direção. Mas era coisa ligeira, só servindo para aumentar os risos. Mais e mais gente se ia juntando.

— *O que se passa?*

Nada. Um ligeiro desajuste de contas. Nem vale a pena separá-los. Eles se cansarão, não passa o caso de uma palhaçada.

No quinto dia, contudo, um dos palhaços se muniu de um pau. E avançando sobre o adversário lhe desfechou um golpe que lhe arrancou a cabeleira postiça. O outro, furioso, se apetrechou de simétrica matraca e respondeu na mesma desmedida. Os varapaus assobiaram no ar, em tonturas e volteios. Um dos espectadores, inadvertidamente, foi atingido. O homem caiu, esparramorto.

Levantou-se certa confusão. Os ânimos se dividiram. Aos poucos, dois campos de batalha se foram criando. Vários grupos cruzavam pancadarias. Mais uns tantos ficaram caídos.

Entrava-se na segunda semana e os bairros em redor ouviram dizer que uma tonta zaragata se instalara em redor de dois palhaços. E que a coisa escaramuçara toda a praça. E a vizinhança achou graça. Alguns foram visitar a praça para confirmar os ditos. Voltavam com contraditórias e acaloradas versões. A vizinhança se foi dividindo, em opostas opiniões. Em alguns bairros se iniciaram conflitos.

No vigésimo dia se começaram a escutar tiros. Ninguém sabia exatamente de onde provinham. Podia ser de qualquer ponto da cidade. Aterrorizados, os habitantes se armaram. Qualquer movimento lhes parecia suspeito. Os disparos se generalizaram. Corpos de gente morta começaram a se acumular nas ruas. O terror dominava toda a cidade. Em breve, começaram os massacres.

No princípio do mês, todos os habitantes da cidade haviam morrido. Todos exceto os dois palhaços. Nessa manhã, os cómicos se sentaram cada um em seu canto e se livraram das vestes ridículas. Olharam-se, cansados. Depois, se levantaram e se abraçaram, rindo-se a bandeiras despregadas. De braço dado, recolheram as moedas nas bermas do passeio. Juntos atravessaram a cidade destruída, cuidando não pisar os cadáveres. E foram à busca de uma outra cidade.

Lenda de Namarói

(Inspirado no relato da mulher
do régulo de Namarói, Zambézia,
recolhido pelo padre Elia Ciscato)

Vou contar a versão do mundo, razão de brotarmos homens e mulheres. Aproveitei a doença para receber esta sabedoria: o que vou contar me foi passado em sonho pelos antepassados. Não fosse isso nunca eu poderia falar. Sou mulher, preciso autorização para ter palavra. Estou contando coisas que nunca soube. Por minha boca falam, no calor da febre, os que nos fazem existir e nos dão e retiram nossos nomes. Agora, o senhor me traduza, sem demoras. Não tarda que eu perca a voz que agora me vai chegando.

No princípio, todos éramos mulheres. Os homens não haviam. E assim foi até aparecer um grupo de mulheres que não sabia como parir. Elas engravidavam mas não devolviam ao mundo a semente que consigo traziam. Aconteceu então o seguinte: as restantes mulheres pegaram nessas inférteis e as engoliram, todas e inteiras. Ficaram três dias cheias dessa carga, redondas de uma nova gravidez. Passado esse tempo as mulheres que haviam engolido as outras deram à luz. Esses seres que estavam dentro dos ventres ressurgiram mas sendo outros, nunca antes vistos. Tinham nascido os primeiros homens. Estas criaturas olhavam as progenitoras e se envergonhavam. E se acharam diferentes, adquirindo comportamentos e querendo disputas. Eles decidiram transitar de lugar.

Passaram o regato, emigraram para o outro lado do monte Namuli. Assim que se assentaram nessa outra terra viram que o fiozinho de água engrossava. O regato passava a riacho, o riacho passava a rio. Na margem onde se transferiram os homens comiam apenas coisas cruas. E assim ficaram durante tempos. Uma certa noite eles viram, do outro lado, o acender das fogueiras. As mulheres sabiam colher a chama, semeavam o fogo como quem conhece as artes da semente e da colheita. E os homens disseram:

— *As mulheres têm uma parte vermelha: é dela que sai o fogo.*

Então, o muene que chefiava os homens mandou que fossem buscar o fogo e lho entregassem intacto. E dois atravessaram o rio para cumprir a ordem. Mas eles desconseguiram: as chamas se entornavam, esvaídas. O fogo não tinha competência de atravessar o rio.

— *O fogo cansa-se, muene.*

Assim disseram ao muene. Desiludido, o chefe atribuiu-se a si mesmo a missão. Atravessou a corrente em noite de chuva cheia. O rio estava em maré plena, tempestanoso. O muene perdeu o corpo, deixou escapar a alma. Acordou na outra margem, mais molhado que peixe. Sentiu que o puxavam, lhe davam ar e luz. Viu então uma mulher que lhe acudia, acendendo um foguinho para que secassem suas roupas. O homem lhe falou, confessando desejos, invejas e intenções. A mulher disse:

— *O fogo é um rio. Deve-se colher pela fonte.*

— *Essa fonte: nós não sabemos o seu lugar.*

Era de noite, a mulher chamou o muene e fez com que se deitasse sobre a terra. E ela se cobriu nele, corpo em lençol de outro corpo. Nenhum homem nunca havia dormido com aquelas da outra margem. A mulher, no fim, lhe beijou os olhos e neles ficou um sabor de gota. Era uma lágrima de sangue, ferida da terra. A lágrima chorava, clamando que se costurassem as duas margens em que sua carne se havia aberto. A mão dele se ensonou sobre o suave abismo dela.

Anichado no colo da mulher, o homem desfiou o seguinte sonho: que ele era o último homem. E que daquele cruzar de corpos que experimentara aquela noite ele se ferira, seu corpo se abrira, veia escancarada. Ele vê o sangue se espalhar no rio e desmaia. Quando recupera vê que a inteira água do rio se convertera em sangue. Segue o curso do rio e repara como o vermelho se vai espessando, líquido em coágulo, coágulo em massa. Uma figura humana se vai formando. Aos poucos, nasce uma mulher. E, no imediato, o rio volta a escorrer, água límpida e pura. Esse foi o sonho. Do qual o muene se esqueceu mesmo antes de acordar.

O chefe madrugou e regressou à sua margem. Na passagem viu que o rio se acalmara, águas em jamais visto sossego. O homem chegou aos outros, sôfrego como se tivesse desaprendido respirar. Os outros lhe olharam, admirados. Trazia ele um fogo dentro de si? O muene ainda procurava o fôlego:

— *Ouçam: lá do outro lado...*

E tombou, sem mais. Os outros foram, mandados pelo bicho de quererem saber. Passavam depois de o sol se esconder. De cada vez que um regressava o rio estreitava, mais a jeito de riacho. Afinal, havia uma margem desconhecida da noite, o outro lado da vida. E um por um, todos realizaram a visita, para além do rio. No final, o curso de água voltou a ser o que tinha sido: um fiozito, timiúdo. O mundo já quase não dispunha de dois lados. Os homens, aos poucos, decidiam ficar no território das mulheres. Na outra, antiga margem, nenhum homem restou.

E os tempos circularam. Um dia uma mulher deu à luz. Os homens se espantaram: eles desconheciam o ato do parto. A grávida foi atrás da casa, juntaram-se as outras mulheres e cortaram a criança onde ela se confundia com a mãe. Decepado o cordão, o um se fez dois, o sangue separando os corpos como o rio antes cindira a terra.

Os homens viram isto e murmuraram: se elas cortam nós também podemos. Afiaram as facas e levaram os rapazes para o mato. Assim nasceu a circuncisão. Cortavam os filhos para que eles entrassem no mundo e se esquecessem da margem de lá, de onde haviam migrado os homens iniciais. E os homens se sentiram consolados: podiam, ao menos, dar um segundo parto. E assim se iludiram ter poderes iguais aos das mulheres: geravam tanto como elas. Engano deles: só as mulheres cortavam o laço de uma vida em outra vida. Nós deixamos assim, nem procuramos neles outro convencimento. Porque, afinal, ainda hoje eles continuam atravessando a correnteza do rio para buscar em nós a fonte do fogo.

A velha engolida pela pedra

Não sou homem de igreja. Não creio e isso me dá uma tristeza. Porque, afinal, tenho em mim a religiosidade exigível a qualquer crente. Sou religioso sem religião. Sofro, afinal, a doença da poesia: sonho lugares em que nunca estive, acredito só no que não se pode provar. E, mesmo se eu hoje rezasse, não saberia o que pedir a Deus. Esse é o meu medo: só os loucos não sabem o que pedir a Deus. Ou não se dará o caso de Deus ter perdido fé nos homens? Enfim, meu gosto de visitar as igrejas vem apenas da tranquilitude desses lugarinhos côncavos, cheios de sombras sossegadas. Lá eu sei respirar. Fora fica o mundo e suas desacudidas misérias.

Pois numa dessas visitas me aconteceu o que não posso evitar de relembrar. A igrejinha era de pedra crua, dessa pedra tão idosa como a terra. Nem parecia obra de humano traço. Eu apreciava as figuras dos santos, madeiras com alma de se crer. Foi quando escutei uns bichanos. Primeiro, duvidei. Eram sons que não se traduziam em nada de terreste. Estaria eu a ser chamado por forças do além? Estremeci. Quem está preparado para dialogar com a eternidade? Os sibilos prosseguiam e, então, me discerni: era uma velha que me chamava. Estava meio encoberta por uma coluna. Orava com o corpo todo, debruçada nessa pequenez de quem pede mais do que é devido. Voltei a ouvir seu murmurinho:

— *Pssst, pssst.*

— *Eu?*

— *Sim, próprio você. Me ajude levantar.*

Tentei ajudá-la a se erguer. Desconsegui. Nem eu esperava peso tão volumoso daquela mínima criatura. Voltei a puxar. Nem uma carne nela se moveu. A velha não conseguia desajoelhar-se. A rótula dela estava colada no chão, ela não podia se levantar. E me pedia um socorro de força e carrego. Logo a mim que sofro dos ossos, reumasmático. Um papelito de menos de 25 linhas para mim já é um peso tonelável. Que fazer? Me sentei ao lado da velha, hesitando em como lhe pegar.

— *Vá me ajude, me empurre deste chão. Depresse-se, moço, que já estou ficando pedra.*

Voltei a ajeitar as mãos no corpo dela. Era um peso sem vida, com mais gravidade que um planeta.

— *Não rodilhe meu vestidinho. Isso veio das calamidades, fui dada esta roupita com os padres.*

Esforcei outras tentativas: a velha não descolava. Nem um milimetrinho. Estranhei. Estaria ela a fazer-me pouco? Um corpinho, magrito como assim, exibir tanta tonelagem? Pensei em chamar por ajuda. Mas ninguém mais não havia.

— *Espere: vou chamar mais alguém.*

— *Não me deixa sozinha, meu filho. Não me deixe, por favor.*

Me levantei para espreitar: a igrejinha estava vazia. Dei uma volta, fui à sacristia. Ninguém. Me juntei à velha e lhe disse que ia chamar alguém lá fora, à rua. A senhora me segurou as mãos, com febril fervor:

— *Lá fora, não. Não vá lá fora. Tente mais uma vez, só mais uma vez.*

Ainda me apliquei em novas forças, dobrei os intentos. Nem um deslizar da velha. De repente, eclatou o som iremediável de uma porta. Apurei os olhos na penumbra. Tinham fechado as pesadas portadas da igreja. Acorri, demasiado tarde. Chamei, gritei, bati, pés e mãos. Em vão. Tentava arrombar a porta, a velha me dissuadiu. Era pecado mais que mortal machucar a casa de Deus.

— *Mas é para sairmos, não podemos ficar aqui presos.*

Contudo, a porta era à prova de forças. A verdade era que eu e a beata estávamos prisioneiros daquele escuro. Acendi todas as velas que encontrei e me sentei junto da velha. Escutei as suas falagens: *sabe, meu filho, sabe o que estive a pedir a Deus? Estive a pedir que me levasse, minha palhota lá em cima já está pronta. E eu aqui já me custo tanto! Problema é eu já não tenho corpo para ir sozinha para o céu. Estou tão velha, tão cansadíssima que não aguento subir todos esses caminhos até lá, nos aléns. Pedi sabe o quê? Pedi que me vertesse em pássaro, desses capazes de compridas voações, desses que viajam até passar os infinitos. É verda-*

de, filho. Esta tarde pedi a Deus que me vertesse em pássaro. E me desse asas só para me levar deste mundo.

Adormeci nessa lenga-lengação dela. Me afundei em sono igual à pedra onde me deitava. Fiquei em total cancelamento: na ausência do ruído, dos queixumes e rebuliços da cidade. Acordei no dia seguinte, sacudido pelo padre: o que eu fazia ali, dormindo como um larápio, um pilha-patos? Expliquei o motivo da velha.

— *Qual velha?*, perguntou o sacerdote.

Olhei. Da velha nem o sopro. Não estava aqui uma senhora com os joelhos amarrados no chão? O padre, de impaciente paciência, me pediu que saísse. E que não voltasse a usar indevidamente o sagrado daquele lugar. Sai, cabistonto. Para além da porta, o mundo era de se admirar, coisa de curar antigas melancolias. A luz da manhã me estrelinhou as vistas. Nada cega mais que o sol.

Naquela estonteação me chegou a repentina visão de uma ave, enormíssima em branquejos. Ali mesmo, à minha frente, o pássaro desarpoava, esvoando entre chão e folhagens. Acenei, sem jeito, barafundido. Ela sorriu-me: *que fazes, me despedes? Não, eu não vou a nenhum lado. Foi mentira esse pedido que eu fiz a Deus. Aldrabei-Lhe bem. Eu não quero subir para lá, para as eternidades. Eu quero ser pássaro é para voar a vida. Eu quero viajar é neste mundo. E este mundo, meu filho, é coisa para não se deixar por nada desse mundo.*

E levantou voo em fantásticas alegrias.

O bebedor do tempo

Naquela tarde eu me sentei na esplanada, cobrando sossego para minha alma privada. Em pausa de viagem, aguardava meu regresso à capital. Naquela transitória vila, fazia muito Norte e o calor apertava. A gente se desmoçava só de tocar a atmosfera. Eu, em verdade, me arfixiava. Por isso, escolhi assento fora, na esperança de um fresco. O bar se chamava A Brisa do Inferno e merecia o título. Ali fiquei, me entretendo a ver passar as moças, dessas mais ligeiras que as libelinhas que fazem amor no ar. Até que vi um homem escuro, barulhando, algumas mesas adiante. Sem aparência de razão, o tipo esbracejava no ar, convocando suores e atenções. Perguntei o que ele fazia mas me ordenaram respeitoso silêncio:

— *Cale-se! Esse é Xidakwa. Ele está a abraçar Deus!*

Quem é vivo sempre desaparece. Xidakwa? O homem era de meu lugar-natal, bêbado de carreira, criatura de vasto e molhado currículo. O que fazia ele tão distante da sua original cidade? Me aproximei na vã esperança de ser reconhecido. Recruzaram em seus olhos muitas névoas. Por fim, endireitou uma frase:

— *Eu, me desculpe, me esqueci o meu nome.*

E virando-se para a multidão solicitou:

— *Alguém me chama, por favor...*

A vida é água endurecendo a pedra. Afinal, requer-se fartura de coração. Eu ajudei o embriagado a reganhar assento. E lhe enchi o copo com o que restava de minha garrafa. Se recordava de nosso comum bairro, lá no antigamente? Ele declarou, apontando a cervejaria:

— *Aqui, neste bar, é que é a minha pátria!*

E ali ficou, toda a manhã. Consecutivo, o homem dava deferimento às garrafas. No fim do dia, o dono da cervejaria me contou. Que numa distante data o meu conterrâneo chegara e se alojara ali, hereditário e definitivo. Lhe pediam contas e Xidakwa se explicava, em despropósito:

— *Estou à espera de uma certa mulher, é uma que não cabe neste mundo.*

— *Mas bebendo assim?*, se atreviam querer saber.

— *O que estou bebendo não é cerveja. Estou bebendo é o tempo, a ver se ela não demora tanto...*

Ao princípio, o dono da cervejaria ainda protestou. Mas depois resolveu recolher vantagem do assunto. O bêbado ajudava a espalhar falagens nas redondezas. Sua presença chamava nova clientela. E, afinal, sempre a linha do tempo traz um anzol de futuro: acabaria por chegar alguém, parente ou amigo, que pagaria a longa despesa do bebedor.

De facto, um dia, vieram a mulher, os filhos, e muito-muito, um cunhado de Xidakwa. Pediram, rogaram, imploraram. Ele que voltasse a casa, seu devido lugar. Eles lhe tratariam com extensas felicidades. Debalde. Cismandão, o homem respondeu uma única vez:

— *Vos conheço, vocês são desses: olham o leão e logo pensam na jaula.*

A família, pesarosa, deixou de lhe aplicar esperança. Antes de partirem, o dono ainda falou com o cunhado. Quem iria pagar passadas e futuras despesas? O cunhado lavava as mãos, pulseiras e anéis. O cervejeiro decidiu por expulsar o embriagado. Deixou que ele dormisse naquela última noite, fim do prazo para sua complaciência.

Mas sucedeu o imprevisto, não fosse sempre no Sul que tropeçassem a lógica e a estatística. Nessa mesma noite, na vila entraram os pistoleiros, em exercício de vandalismo armado. Os habitantes, sem exceção, procuraram o mato. Deixavam tudo, bens e haveres. A vila ficou deserta. Apenas Xidakwa persistia, em alheia e distante neblina. Os facínoras cercaram o bar, prontos a afiar a faca nas costelas do incauto ébrio. Quando sentiu sombras se avizinhando, Xidakwa empunhou a garrafa, gesto em riste. Queria ofertar sua simpatia, boa-vindar os recém-chegados. Mas entre os assaltantes uma voz fez soltar o aviso:

— *O tipo está armado!*

E cruzaram-se mortais disparos. Um bandido tombou, imediato, buraco acrescentado no alvo de sua testa. Os restantes malfazentes panicaram, em desarranjada fuga. Na manhã seguinte, o povo empossou Xidakwa, o camarada Xidakwa, como herói bravio, dono de intrepiduras. Mais que isso: lhe alcunharam de bebedor santificado. E correu a versão que ele adivinhava os futuros, sabia o insabível. E ali começaram a vir pedir conselhos e receitas. O homem recebia os afligidos, mandava vir mais cerveja. Seu olhar rodopiava dentro das órbitas, incapaz de soletrar uma visão. Sempre declarava a mesma e igual sentença, tonteando palavras:

— *A partir de hoje...*

E mais não dizia. Caía na cadeira, redondo que nem um planeta. Seu vaticínio não era senão a vertigem de um silêncio. O povo, mesmo assim, lhe cobria de fé. O que faltava em suas palavras a boa gente preenchia com sabedorias imputadas. Os deuses, afinal, dispensam as explicadas palavras.

Mas o homem, se via, há muito se apeara de sua alma. Emagrecia, a molhos vistos. Definhava. Já nem bebia. Encomendava uma garrafa e ficava a olhar, contemplinativo. O bebedor adoecia, o fígado desentendido com as vísceras. Veio o médico português, em visita de raspão. O lusitano doutorou: que a vida de Xidakwa estava por uma espuma, restavam-lhe uns quantos dias.

Isso me contou o cervejeiro, na esquina da noite. Na manhã seguinte, acordei com outro sentimento por Xidakwa, como quem partilha a véspera do condenado. Fui à cervejaria disposto a despender com ele urgentes memórias. Junto com ele, queria aprender a beber o tempo, cada gole uma idade. E fui ao bar, procurei fora e dentro. Mas Xidakwa não vi, em nenhum assento ele estava.

— *Não conhece o sucedido?*

E o dono me relatou isso que todos tinham visto.

Eram às tantas da noite quando passou por ali uma forasteira, vinda nem se sabe de quem nem de onde. Dizem, duvide-se: ela era da cor do milho, amarelosa. O certo e testemunhado é que a dama se assentou na mesa de Xidakwa. E ele, em trémula ternura, lhe pediu uma demora, era só mais aquele, o último copo. A mulher sorriu. Depois, pegou as mãos do bebedor e, lenta e impossivelmente, foi levando o Xidakwa para dentro do copo. Façam-se contas aos tamanhos, é coisa de se descrer: o homem que se insulara em distante cervejaria, emigrava agora, em líquida eternidade, para dentro da cerveja.

Me sentei, atravessado por não sei qual sentimento. Pedi cerveja, garrafa atrás de garrafa. E fiquei bebendo, lento, sentindo em cada gole o vagaroso paladar do tempo. A meio da tarde me vieram alertar que o comboio do meu regresso estava já soando os últimos apitos. Lancei um vago gesto, a desentender. Chegada a noite, o dono me veio avisar que chegara a hora de fechar. Respondi que ficava, me sentia ali em aconchego de pátria:

— *Sim, eu estou esperando alguém...*

O padre surdo

Escrevo como Deus: direito mas sem pauta. Quem me ler que desentorte as palavras. Alinhada só a morte. O resto tem as duas margens da dúvida. Como eu, feito de raças cruzadas. Meu pai, português, cabelos e olhos loiros. Minha mãe era negra, retintinha. Nasci, assim, com pouco tom na pele, muita cor na alma.

Falo de Deus com respeito mas sem crença. Em menino, não entrei em igreja nem sequer para banho de batismo. Culpa de meu pai. Reza, dizia ele, só serve para estragar calças. Em sua suspeita a igreja devia ser lugar pouco saudável.

— *Pois mal se entra nela, dois passos dados e já se cai de joelhos!?*

Na escola, o padre me ponteirava: esse deve ser filho das chuvas. Não comparece em catequese, nem há doutrina que se lhe conheça. E aconselhava os restantes miúdos a me guardar afastamento:

— *Fruto estragado deve sair do saco.*

O conselho era seguido. Me evitavam. Hoje sei que não era por obediência ao padre. Eu estava só por razão de minha raça. Como escrito de Deus que a chuva manchara. Sim, o professor tinha razão: eu era filho da chuva.

E é em chuva que estou lembrando minha vida. Sempre e sempre começo no estrondo que sacudiu a minha infância. A bomba chegou num livro postal, rebentou como rasgão no mundo. Não houve sangue senão em mim. Escorriam-me quentes fios pelo pescoço. Limpei-me no rosto a procurar a fonte desse sangue. Me custou a descobrir: aquilo me brotava era de dentro, por via das orelhas.

No alvoroço nem me notaram. Havia gritos, chamas, meus irmãos. Dias depois, me queixei dos zumbidos: só então eles viram que eu deixara de escutar. Meus ouvidos tinham morrido.

Minha mãe deitou culpas no meu velho. Ele andava metido era com o fogo, tudo por mania de sua bondade. Saímos dali como de um lugar amaldiçoado, para além do mundo que me cabia. Meu pai temia que chegassem mais rebentamentos, guerras da política dos tempos.

Desde então perdi motivo para festejar a vida. Os outros jogavam a cabra-cega. Eu podia brincar a quê? À cabra-surda? No princípio, ainda eu ouvia sombras de sons, rascunhos sonoros. Com a idade, porém, o caso se foi agravando e, depois, até as paredes tinham mais ouvidos.

Me custou o convencimento de minha deficiência. Eu estava como aquele coxo que acredita que o mundo é que está desnivelado.

— *Ai não é você que está surdo? Então, é o mundo inteiro que ficou mudo?*

Ninguém me garantia. Só o silêncio. Nem posso explicar o que é esse poço vazio, esse labirinto de nadas. Me fui enchendo de angústias, só e sozinho. Um dia me soltei, desesperado:

— *Pai: me traga uma moça.*

Pedia quase sem voz. Meu pai ainda tentou brincalhar mas vendo o fundo de minha tristeza me segurou a mão.

— *Queres uma para noivar?*

Li em seus lábios, fingi não entender. Ele baixou os olhos, embaraçado. A moça que eu queria existia?

— *Eu apenas quero ouvir alguém, pai.*

Eu tinha tocado o fundo daquele homem. Meu pai chamou os indunas, falou com os régulos, prometeu dinheiros. Durante dias se procurou por atalhos, aldeias afora. Ainda hoje não entendo como se guiavam nessa busca, nem sabendo o retrato da desejada mulher. Até que, cansados de procurar, os mensageiros regressaram.

— *Encontramos todas variedades de mulher. Mas essa, a que ele procura, nem avistamos.*

Até que apresentaram em nossa casa uma jovem muito bela. Ela, contudo, era muda. Meu pai recusou, sabendo de meu pedido. Mais que sentir eu queria escutar a voz da carícia. Mandavam já a rapariga de volta quando eu coincidei por ali. Chamei a moça e ela, a medo, se aproximou. Eu lhe confiei meu desejo. Meu pai querendo interrupção, conhecedor da impossível voz da moça. Mas sem coragem de me revelar a invalidez dela. Eu toquei as mãos da visitante e lhe pedi:

— *Só quero que me diga: em que lugar eu posso tocar o chilreio da água?*

E a jovem me soprou segredos. Em verdade, eu hoje sei que de sua garganta não saiu audível palavra. Mas no momento eu me deleitei com a miragem de sua voz. Meu pai olhava, surpreso, como meu rosto mudava. Eu desabrotava, inflorescendo. Milagre, neste mundo, é não acontecerem mais milagres?

Foi ordenado à moça que ocupasse o quartinho das traseiras e ali despendesse a noite. No tumulto de meu peito não houve sono que poisasse. Manhã seguinte, minha mãe me chamou e em gesto se explicou:

— *Essa moça lha mandámos embora.*

— *Embora?*

— *Ela é escura, mais que preta. Veja você: mulato, quase branco. Não podemos fazer a raça andar para trás.*

Meu pai ainda tentou aguar a fervura: que ela era aleijada da garganta, nem som de vogal a miúda rabiscava. Mas já eu tomara decisão de um outro destino. Que fiz? Me fingi padre. Foi só roubar batina e cruz. Depois, me internei na floresta, passei as imediações do longe, cheguei à última dobra do horizonte.

Não havia em nenhum mapa mais remoto lugarinho. Se chamava Vila Nenhuma. Ali refiz com esmero uma já existente paroquiazinha. Sendo o acaso que ali antes estivera um outro missionário, homem bondoso, que recheou de gente suas missas. E recoincidência: como eu, também ele era surdo. De modo que o povo dali acreditava que surdez era obrigação para ser creditado missionário. Agora, recordando o que fiz eu mesmo digo: o demónio deve ter muito má memória. Pois tantas coisas se fazem que não lembram ao diabo.

Me fazendo passar por sacerdote eu arranjava maneira de viver à custa dos alheios cuidados. Me cuidavam, me entregavam sustento. Eu inventava rezas que, as pobres gentes, se dificultavam em decorar. Pois de cada vez eu as pronunciava diferente. Confusos, os crentes nem por isso perdiam convicção. Quem sabe fosse minha dedicação em tudo que, antes, me ignorava. Enfermeiro, fui. Professor, me estreei. Conselheiro, me intentei. Em tudo, enfim, ocupei a bondade. Quem sabe, por troca desses serviços, sempre tive igreja cheia. Os camponeses, nos infalíveis domingos, se confessavam. Eles, em si, graves. Só eu roubava o sagrado da cerimónia. Me sentava no confessionário, escuro como o umbigo da tartaruga. Um por um, os crentes se ajoelhavam do lado de fora e, aos berros, confessavam seus pecados. Daquela maneira, todos conheciam as intimidades de todos. Assim fora com o anterior padre, assim seguia comigo.

Ontem, choveu tanto que as casinhotas à volta estremeceram, precárias. O povo veio procurar refúgio na igreja. Nunca em nenhuma missa eu tivera tanta gente. Foi então que, entre os camponeses encharcados, vi chegar a moça, a mesma que meu pai encomendara para meu consolo. O tempo trabalhara seu rosto, seu corpo. Tudo em benefício da beleza. Ela me dedicou os mesmos olhos que me haviam tonteado na varanda da adolescência. E se retirou a procurar quentura da lareira. Me pareceu ver que falava com os outros, se entendendo, combinando falagens. Chamei o sacristão e lhe dei ordem:

— *Aquela mulher, aquela. Veja se ela fala.*

Meu ajudante nem entendeu à primeira. Lá foi, acercando-se dela. Me fez sinal que sim, a moça tinha falas visíveis. Aquilo me fulminou, fósforo lançado em cratera de vulcão. Me veio à mente toda a minha vida, em despedaços, faz conta uma bomba me estilhaçasse a memória. Subi ao altar, fiz sinal de silêncio às dezenas que ali se abrigavam. Sei ver o silêncio, sei ler quando ele chega. Vejo pelos olhos das pessoas. Eu sabia, naquele momento: só a chuva se escutava, timbilando o telhado da igrejinha. Então, lhes falei o que agora estou escrevendo, o teor da minha mentira, minhas falsas vestes, meu falso credo. Me confessava em aberta voz, como eles antes haviam feito. Despi a batina, dei as despedidas e saí por entre olhos espantados.

Lá fora, como adivinhara, chovia. Minha cabeça imagirava, o tanto que chovia nunca me dera conta. O céu ameaçava inundação? Dei passos de bêbado, procurando o chão sob os charcos. Quem nunca cai é o cego? Senti uma mão que me prendia, me virei. Era a moça, aquela. Ela falou e eu perdi a noção do mundo. Vão-me crer, agora que sabem de minhas falsificações? Por quem jurarei, se mesmo com Deus perdi parentesco? Seja, se duvide. Mas eu ouvi, sim, ouvi sem ler nos lábios. Escutei a doce voz daquela mulher, sua fala me vestindo todo o meu espanto:

— *Fique. Fique... senhor padre!*

O adivinhador das mortes

No bairrinho de Muitetecate havia um poderoso espiriteiro que adivinhava, com acerto de álgebra, a data das individuais mortes. Não usava os convencionais métodos: pedrinhas, conchas e ossinhos. Não. Ele tinha duas pequenas cruzes de marfim que encostava sobre os olhos dos consultados. O adivinho cerrava os seus próprios olhos: se concentrava, todo dentro das pálpebras, até abraçar com seu escuro o escuro do outro. Nesse tocar de penumbras se escrevia o exato da data dos falecimentos.

Pois, em Muitetecate, todos encorajavam Adabo Salanje a consultar os serviços do adivinheiro.

— *Vai e sabes o fatal dia.*

Adabo recusava. Saber seu derradeiro prazo? Para fazer o quê? Certas felicidades só chegam com o não saber. Aprendemos a viver não é para terminarmos. A luz não aceita seu futuro: ser poeira. Saboreamos o cristal do riso, a polpa sumaruda do amor, a doce sombra da amizade, trincamos a eternidade em breves dentadas não é para depois sermos nada, nenhum, ninguém.

E Adabo Salanje se dava bem era nessa ignorância, ilusão de não ter contrato com o tempo. Até que uma noite despertou em tremuras e transpiros. Salanje acordou em pleno escuro, coração a sair-lhe pelos poros. Sonhara que estava na residência dos mortos e lhe perguntavam:

— *Você, Salanje, ainda está morto?*

E lhe empurravam: ele que se servisse de consulta com os aléns para saber a data da sua revivência. Afinal, quanto mais tarde ele soubesse mais cedo ele transitaria de estado, no inverso da lógica deste outro lado do mundo.

No dia seguinte, saído à rua, Salanje saboreou a claridade como se fosse a primeira vez. Será verdade, estou vindo do além? Afinal, o sonho se cumprira? Fosse ou não, Adabo Salanje se deslumbrava com o azul, trinantes cantos enfeitando os pássaros. Naquele mesmo momento, ele se decidiu e se encaminhou para o adivinhista. Pensava o ensinamento do sonho: se soubesse a prévia data da póstuma morte ele acabaria ludibriando o calendário. A surpresa é a vantagem da morte. Roube-se-lhe esse proveito e seremos nós, mortais, eternos vencedores e viventes.

E ele lá foi. O adivinho recebeu-lhe torcendo troça nos lábios. Ordenou que se sentasse na penumbra. O sábio espreitava o tempo através das cruzes colocadas sobre os cerrados olhos. Requeria-se o total silêncio. De repente, ele confessou preocupação, em estalo da língua:

— *Desconsigo. Sua cabeça está muito barulhosa. Aquiete lá o pensamento!*

Adabo se admirou. Ele estava em total imobilidade. Que culpa tinha? O adivinhador voltou a concentrar-se em seus serviços. Ficou afastando e aproximando as cruzes, aparentando difícil focagem.

— *Sabe, o senhor? Há em si uma situação...*

— *Situação?*

— *Nem sei como vou lhe dizer.*

Salanje engoliu goelas. Não digam a sua morte estava perto, no calendário da semana? Contar-se-iam pelos dias os tempos que lhe restavam?

— *Vou morrer daqui a nada?*

— *Não. Não vai morrer.*

— *Não vou morrer? Como não vou?*

— *Esse o problema.*

— *Se me explique, homem!*

— *É que você, Adabo Salanje, você já morreu.*

O cliente se abismalhou. Passadas umas moscas, ele rebentou em gargalhada. Disparate! De tanto rir, teve que levantar para aliviar as costelas. Quando gargalhamos nos aumenta a quantidade de costelas. Daí o perigo de rirmos alto e despregado. Adabo saiu do consultório, respirou uma porção de ar e voltou para dentro. Já vinha sério:

— *Então me faz favor explicar: que dia eu, afinal, morri?*

— *Ontem à noite. O senhor, em verdade, é um recém-falecido.*

Adabo se embrumou. Fora o sonho? Pode a morte suceder em terras enevoadas do sonho? Nunca ouvira. Mentira, devia ser mentira do adivinho. O fulano canganhiçava. A zanga de Adabo não sabia se havia de rir. Acabou por levedar a maka:

— Está bom. Então se estou morto, como você adianta, não posso pagar consulta. Vou embora assim mesmo.

E desandou. Nem mais quis saber. Qualquer coisa, porém, mudara em sua íntima existência. Porque ele passara a ter facilidades com a bondade, paciência com os meninos, gentileza com os velhos. As mulheres lhe surgiam com nova graça, pareciam feitas de nenhuma matéria. Já não lhe subiam aqueles calores desenfreáticos quando deparava com as belezas delas. E sobretudo, havia uma maior mudança: nunca mais ele teve acesso ao sonho. Ele que era um assíduo sonhador nunca mais voltaria a ter devaneio.

Na seguinte manhã, a mulher lhe desperta com ternura, beijo na fronte. Nunca antes havia sido dedicado tais ternuras. E com a meiguice de um suspiro:

— Tinha tantas saudades suas, Adabo!

Ressurge-lhe, enormecida, a dúvida. Estaria mesmo morto, conforme o vaticínio do outro? Seu falecimento estaria vigente e em vigor, sem que ele tivesse sido devidamente notificado? A dúvida lhe escavava fundo.

Não mais esperou. Voltou ao consultório do futurista. Chegado lá, estranhou o vazio de gente. Só uma velha galinha se passeava no recinto. Bateu licenças na porta mas ninguém respondeu. Foi entrando na salinha escura. Quando seus olhos se conformavam com as sombras ele notou, abandonadas, as duas cruzinhas de marfim. Se baixou para as apanhar e, assim, posto de cócoras, encostou os marfins sobre as pálpebras. E esperou a chegada de um sinal. Uma voz lhe deu susto:

— O senhor quem é?

— *Sou Adabo, venho ver o adivinho.*

— *Não pode.*

— *Eu pago, adiantado até. Aliás, o adivinho me deve...*

— *Não pode. O mestre já deu falecimento.*

— *Morreu? Quando?*

Morrera no dia anterior. Então, o mestre, como o outro lhe chamara, não fora capaz de adivinhar sua própria morte? Adabo fazia gozo. Mas o outro lhe respondeu que os pessoais assuntos escapam aos próprios feiticeiros. Salanje saía, em gravidade: agora, morto o adivinho, como poderia esclarecer o autêntico de sua morte?

— *Posso levar estas cruzes?*

— *Leva, fica para acerto de seu dinheiro.*

E voltou ao caminho, mãos nos bolsos, confirmando os marfins. O poente já se afundava, o naufrágio da luz se espalhando pelo bairro. Foi no curvar da esquina, o susto de um ilegível vulto. Se arrepiou quando reconheceu a voz do adivinhador:

— *Venho buscar meus marfins.*

Ele desembolsou os inutensílios e os estendeu em concha para as mãos do outro. Então, inesperadamente, sentiu as mãos presas, cativas do feiticeiro. Primeiro, resistiu. Depois, experimentando a convicção das outras mãos, foi esvanecendo. O adivinheiro adocicou a voz, em modos de convite:

— *Vem comigo.*

E os dois pelo caminhinho não deixavam nenhuma pegada, fossem pisando não a areia mas o céu.

O adeus da sombra

Naquela manhã, desmadruguei-me. Minha vizinha quase rachava na minha porta. Abri, ela nem licença: já estava dentro, chorando-me o sofá.

— *É minha filha, quase não respira.*

A asma da miúda mais velha lhe roubava o sossego. Noites inteiras a senhora maltratava o sono: administrando essências, queimando incensos, rezando bênçãos. Mas o mal não esvaía. A miúda, peito na boca, arfava na janela escancarada. Ficara assim desde súbito desgosto de amor, fraturado seu coração. Seu apaixonado, esse que havia, desaparecera engolido em nunca, esfumado em nada. Para onde, quando, como? Nada, ninguém sabia.

— *É o tempo de hoje, o senhor sabe.*

A vizinha dava razões de sua lúcida ignorância. Nos correntes dias, a guerra tem tantas nações. Quem sabe o jovem tombara nesses desfundos que a guerra abre na terra. O certo é que, desdentão, a filha ficara assim, enfebrecida, arfegante. Pela boca lhe saíra a alma, por ela nenhum sopro entrava. Quanto mais respirava menos inspirava. Não era de ar: a miúda tinha falta de toda a atmosfera.

— *Nem sei o que fazer-me-lhe.*

E eu que podia? Poesia não sara quem a vida não consola. E a aflição da vizinha tinha fundamento: outro ataque e a menina não sobreviveria. Lhe dissera o médico. Mas eu que ia de viagem naquela tarde mesma. Lhe apontei tenda, saco-cama, apetrechos. De tudo ela estava a par:

— *Sei que vai para o mato. Por isso eu vim.*

Queria exatamente isso: que de lá trouxesse uma indicada planta, coisa miraculosa, capaz de descrucificar Jesus.

— *Esta aqui, veja, tem que ser conforme, igual e exata, nem um pé nem rapé.*

Lhe garanti serviço, eu viria carregado do milagre. Ela se despediu com tantos olhos que me doeu essa injustiça: haver, nesta vida, quem tanto precise dos alheios favores.

Essa tarde, esperei o meu guia, esse que nos próximos dias me haveria de conduzir por agnósticas paisagens. Em sua carta de apresentação se lia: Júlio Carlos Alberto, ex-presidiário. O bilhete vinha do diretor da prisão, em pedido de amigo. Eu que desse emprego ao recém-liberto malfeitor. Quem sabe, no afazer, o bandalheiro passasse a usar mais bondade?

O cadastrado se anunciou, no enrolar da sua dicção, em fala da malandragem:

— *Sou Julinho Casa'beto.*

Me ajudou a embrulhar os instrumentos da minha

viagem. Enquanto procedia o homem se descrevia, palavroso. Falava de tudo para não dizer nada. Desejava conversa, vingança dos silêncios da cela. Quem tudo perde nem sabe o que quer. Nesta vida quem tem menos é quem mais perde.

É este Julinho quem, agora, me está guiando pelos matos bravios, cultivados só de natureza. Que ele se lembra dos atalhos, isso garante o seu passo seguro.

— *O tempo já está quase para fechar.*

Sim, daqui a pouco já baixou a noite. Teremos dificuldade em encontrar o carreirinho que nos vai dar a casa da curandeira Nãozinha de Jesus. Essa mulher eu tinha por intenção. Ela encerrava uma ciência: as plantas curadoiras. Com ela eu recebia aprendizagem. Nãozinha dava volta às sombras e arrancava raízes, folhitas, ramuscos. Com essas materiazinhas ela vencia a morte. Mas a curandeira se queixa: esses vegetais começam a rarear. Hoje, existem só de raspão. E agora, num oco do mato, vou aguardando o desmaio do corpo enquanto olho as estrelas, aos enxames. A pouca distância Julinho me acotovelou o sossego:

— *O doutor me desculpe: mas que anda fazer, abichando-se por estas selvas?*

— *É meu trabalho, Júlio.*

— *Mas o senhor sai do jardim para entrar no capim? É que cada um no seu buraco. Me diga, peço a desculpa: jiboia usa chinelos?*

Me enrolo em manta, desenrolo a língua. Vencido pelo cansaço, vou desfiando conversa: minha ocupação, as medicinais plantas. Esta viagem será, porém, a última. Meu este trabalho já não poderá continuar. Os dinheiros foram retirados, a coisa foi tida sem importância. Prioridades são outras, me disseram. Que pensa você descobrir lá, na analfabeta mata: a cura da sida? Nem respondi. Que argumento usar? Existe, afinal, outra incurável doença: a síndroma da humanodeficiência adquirida. Proliferam as ciências desumanas e os cientistas ocultos. Que posso eu contrafazer?

— *Me desculpa mas eu lhe ouço mas não lhe sigo. É só gosto de ouvir, passei tanto tempo sem voz de gente.*

Lhe pedi que ele falasse de si, razões por que tinha sido lançado nas grades. Que crime, afinal, lhe ocorrera?

— *Matei um homem.*

— *E porquê?*

— *Para roubar o moya dele. Foi uma mulher que me pediu.*

— *Roubar o moya?*

— *Sim, não conhece o moya? É o respirar da vida, a aragem da pessoa.*

Eu sabia, mas noutra aplicação. Aquele moço não era, afinal, o comum assassino. Ele matara não um ser mas a sua sombra, esse barco que nos faz navegar por pessoas e tempos.

— *Foi pedido de mulher. Ela estava quase para morrer.*

— *Você gostava dessa mulher?*

— *Foi minha muito única paixão.*

Em lugar de me apouquinhar, a conversa de Julinho me deu amolecimento. Adormecemos os dois, embrulhados em fumo da fogueira, sob o teto estrelinhoso.

Dia seguinte, destinamo-nos logo cedo. Chegámos pouco depois ao lugar da curandeira. Ficámos sentados na entrada do muti, conforme os pedidos da licença. Em boa casa africana o dia transcorre fora da casa, no pátio. Por ali rondam crianças, ciscam galinhas. Nãozinha demora a chegar. Por fim, dá aparecimento. Nos saudamos nas delongas do habitual, mão na mão, tocando-nos no corpo, trocando-nos na alma. Foi quando Nãozinha de Jesus notou Julinho.

— *Veio com esse?*

Estremeceu, baixando o rosto. O cabo da sua catana rodou, em assobio, pelos ares. A lâmina se espetou no tronco da árvore sagrada. A curandeira cuspiu na seiva que escorreu do golpe. Voltou a encarar o moço, agora em desafio de vencedora. Julinho se afastou, cabisbaixo.

E sentámos. Eu devia duas palavras: explicação e pedido. Começo pelo primeiro assunto: aquela, a última visita. Minhas razões deixam Nãozinha em tristeza. A curandeira se ofende. Lhe prometera combatermos juntos, ambos querendo salvar os seus vitais materiais, guardar em mundo suas antigas sabedorias.

— *Agora já não dá tempo. É que nos levam tudo, esses que vem da cidade cortam tudo, nem raízes nos deixam...*

Ainda tento a luz em fundo de túnel. Digo: se andarmos juntos, nas devidas pressas. O desânimo de Nãozinha me interrompe:

— *Eu já não tenho após, meu filho. Para que as pressas?*

Avanço no segundo assunto. Lhe mostro o pedaço da plantinha que eu devia levar no regresso. Explico a urgência do pedido, a salvação da vizinhinha. A curandeira olha as folhas e responde um desaponto:

— *Essas folhas, já há muito tempo que foram, voaram, borboletaram-se por aí.*

Mas nem um pezinho, ramilho a sobrar das moitas? Ela estica os lábios, em dúvida. Só se for lá num último canto.

— *Venha comigo, me ajude a procurar.*

Fomos, floresta adentro. Cacimbo e folhagens dificultavam o sol, me fazia bem aquela frescura. Me distraíam mil encantamentos. Mas as belezas se subtraem: a gente vê a borboleta e esquece a flor. Nãozinha para numa clareira, ergue a mão a dizer que chegámos. Os dois revolvemos o chão. Nada, nem réstia da plantinha. Até ali os vendedeiros haviam chegado. Até dali eles haviam arrancado, levado em carradas para a cidade.

No dia seguinte, regresso. Se fora diminuído, acabrunhado vinha.

Como explicar à vizinha que não trazia o remédio? É assunto explicável para uma mãe? Entrei na porta ao lado com a cabeça no peito. A senhora me recebeu e, me vendo, dispensou explicação. Me pegou na mão para que olhasse os finais sofrimentos da moça. No quarto dela a gente se tonteia entre incensos e vapores. A moça estava em leito e se ouvia o ar dentro dela, em crepitar de fogueira. A moribunda já não tinha olhar: fitava o que não há, paisagens de nenhures. Aqueles olhos dela me instigavam, magnéticos. Estava prisioneiro daquele vazio deles.

De súbito, daquele mesmo mortiço semblante se

abriu um esgar, em fulminância. Fixava alguém que entrava no aposento. Quem olhava ela, quem reconhecera em tais espantos? Olhei para trás a tempo de ver o rebrilhar de faca num veloz punho. No imediato segundo, a lâmina se afundou no meu peito. Se cravou fundo, em golpe de raiz. A última coisa que eu vi foi a asmática moça se erguendo para abraçar meu guia, Julinho Casa'beto. E se debruçaram, ambos, para recolher a minha sombra.

A praça dos deuses

(Ao Che Amur que me contou a versão
que serve de caroço a esta estória)

1926: foi o ano da data. Aconteceu pessoalmente a estória do comerciante Mohamed Pangi Patel, homem poderoso que despendeu vida e riqueza na Ilha de Moçambique. Comportadamente decorriam os tempos e Mohamed Pangi dava graças a Deus pela amabilidade do mundo e das suas belezas. O ismaelita vivia engordado de seu próprio nome, cheio de disposição. Mais satisfeito ele ainda se instaurou quando seu filho único lhe veio anunciar a decisão do casamento.

— *Sabe, filho? A vida é um perfume!*

E iniciaram os imediatos preparativos do matrimónio. Festa igual nunca mais se iria ver naquelas paragens. Vieram músicos de Zanzibar, convidados de Mombaça, gentes do Ibo e Angoche. A festa demorou trinta dias de tempo. Em cada um desses dias, a praça se cobriu de mesas, recheadas de refeições. De manhã à noite, se exibiam comidas, de todas as espécies e quantidades. A ilha inteira vinha e se servia, às arrotadas abundâncias. Nenhum pobre sentiu, nesses dias, o beliscão do estômago. E nenhuma família dava afazeres à cozinha: mata-bicho, almoço e jantar decorriam na praça. Enquanto as bocas se espraiavam pelas alegrias, o Pangi se alargava num banco, na competência dos calores. Seu trabalho era transpirar, enquanto se deleitava em ver o despacho das maxilas.

— *Mas, pai: não é tudo isso de mais?*

O filho se começava a preocupar com a totalidade da despesa. Mas Pangi respondia em displiciência: *Mais vale é nenhum pássaro na mão. Mais vale é ver a passarada desfraldando asas na paisagem. O céu, afinal, só foi inventado depois das aves.* E sorria:

— *Não esqueça, filho: a vida é um perfume!*

E se explicava: *a gente traz esse perfume em nosso natural e congénito corpo. Esse odor, primeiro, se irradia, forte, contagioso. Se alguém cheirasse o mundo, nesse princípio, haveria de sentir só o nosso próprio aroma. Mas, depois, esse cheiro se vai diluindo. E a gente, para o sentir, tem de esforçar as narinas: uma dor de cabeça para o nariz. E assim, no adiante, já não há só a lembrança de um arrepio, até a pele da memória vai secando...*

— *Pai: como vamos pagar tudo isso?*

A pergunta tinha o cabimento. Não tardaram a chegar os credores, as casas foram hipotecadas. Depois, as mercadorias das lojas foram despejadas em hasta pública. As infinitas propriedades do Pangi se iam extinguindo. De rico ele se despromovia a quinhenteiro, de bolsos remelosos. Tudo isso, porém, ocorria às ocultas. Ninguém senão o expropriado Pangi sabia desses acertos. Silencioso como um punhal o ismaelita sentava no banco, em estado de lumbração, enquanto contemplava a infindável festa.

Cansado de atentar na realidade, o noivo tomou decisão de sair da ilha. Nessa noite, ele ultimatou o velho pai: ou acabava a celebração ou ele lhe dava as costas para sempre. O velho sorriu-se, estupefarto, mais firme que o firmamento. Apontou um qualquer nada, distinguiu entre os praceirentos um nenhum ninguém. E disse:

— *Escuta essa música. Me gosta tanto essa canção que até me dói ouvir.*

Raiventoso, o filho se retirou em decisão de malas, barcos e viagens sem regresso. A noiva ainda ficou ali, sentada no igual banco do Pangi. A moça se embebevecia, olhos postos no sogro. Ajeitou as vestes nupciais e se achegou ao crespuscalado patriarca. Ela lhe segurou a mão e arregaçou os grandes olhos:

— *Pai: quer dançar essa música comigo?*

O velho se ergueu, silente, e se deixou conduzir para o centro da praça. Ali, os dois se entredançaram, em pista de mil luzinhas, insetos de prata enlouquecendo o escuro. Enquanto rodopiava, o velho aspirava o perfume dos jacarandás. Ciúme ele sofria da eternidade dos aromas das árvores.

— *Me diga, minha filha: eu ainda tenho cheiro?*

Ela sorriu, sem responder. Ao invés, lhe segurou o braço e o reconduziu à dança. Enquanto se embalavam, Mohamed Pangi foi segredando uma desculpa. Sabia ela? Que aquela prenda não se destinava a eles, os ingénuos noivos. Enfim, aquelas quantias tão despesadas eram para comemorar uma outra acontecência. Naqueles dias, a ilha se despira da pobreza, nenhuma mãe medira o choro de seus filhos, os homens beberam não para esquecer mas para se seivarem nas veias do tempo.

— *Deus haveria de gostar de um mundo assim. Esta praça eu ofereço a Ele, me entende?*

E se despediu da noiva, beijo na testa. *Você cheira a fruto, minha filha, aroma igual só a terra.*

— *Amanhã, manhãzinha, já terminou a festa. Diga isso a meu filho.*

— *Pai, volte o senhor a casa.*

Qual casa? A praça era agora a sua casa. Ele morava na mesma praça que ofertara aos deuses. E a mão da noiva agitou no ar o lenço da despedida.

Na manhã seguinte, a praça amanheceu sem festa. As mesas se tinham recolhido, a banda se havia retirado, sapatos e poeiras se renderam ao sossego. Tudo ali era desarrumada ausência, lembrança de risos e melodias. Somente, num banco do jardim, Mohamed Pangi Patel estagnava, em inesparada moldura, um estranho sorriso. Deus sorria por sua boca? Se lhe cancelara a vida, em último penhor das pesadas dívidas?

A noiva foi a primeira a chegar-lhe. Se ajoelhou junto do corpo e retirou de seus cabelos as muitas, distraídas, pétalas caídas das altas árvores. Mas depois, quando já arrastavam o corpo, ela voltou a juntar uma mão-cheia das perfumosas florinhas e as devolveu ao sogro. Mohamed Pangi Patel retirava-se da praça dos jacarandás polvilhado de eternidade.

Glossário

CANGANHIÇAVA: aportuguesamento da expressão local canganhiça, que significa enganar, ludibriar.

CONCHO: canoa, pequena embarcação.

MAKA: zanga, conflito.

MAMANAS: termo com que se designam as mulheres casadas no Sul de Moçambique.

MPFUVO: hipopótamo, nas línguas do Sul de Moçambique.

MUENE: autoridade tradicional.

MUTI: tradicional aglomerado de casas de um mesmo grupo familiar, nas zonas rurais de Moçambique.

NENECAR: no sentido original significa trazer uma criança às costas; utilizado aqui como adormecer, embalar.

PETROMAX: candeeiro a petróleo.

TCHOVA-XITADUMA: expressão com que, no Sul de Moçambique, se designam as carroças de tração humana. Traduzindo à letra: "empurra, que há-de pegar".

TCHOVAR: empurrar.

XIPEFO: lamparina a petróleo.

1ª EDIÇÃO [2012] 13 reimpressões

ESTA OBRA FOI COMPOSTA PELA SPRESS EM TIMES E IMPRESSA
EM OFSETE PELA GRÁFICA BARTIRA SOBRE PAPEL PÓLEN
DA SUZANO S.A. PARA A EDITORA SCHWARCZ EM ABRIL DE 2024

A marca FSC® é a garantia de que a madeira utilizada na fabricação do papel deste livro provém de florestas que foram gerenciadas de maneira ambientalmente correta, socialmente justa e economicamente viável, além de outras fontes de origem controlada.